À GARONNE

Philippe Delerm, né en 1950 à Auvers-sur-Oise, voue son écriture à la restitution d'instants fugitifs, à l'intensité des sensations d'enfance. Il est notamment l'auteur de *Sundborn ou les Jours de lumière* (1996), *La Première Gorgée de bière et autres plaisirs minuscules* (1997), *Autumn* (1998) et *La Sieste assassinée* (2001).

Philippe Delerm

À GARONNE

RÉCIT

NiL éditions

TEXTE INTÉGRAL

ISBN 978-2-7578-0230-4
(ISBN 2-84111-319-1, 1ʳᵉ publication)

© NiL éditions, Paris, 2006

Aïmo la mascagno
(sentence languedocienne).

Traduction : Il (ou elle) aime la mascagne.

C'ÉTAIT LOIN. L'Aronde sentait l'essence, une odeur qui semblait imprégner les plaids à carreaux écossais. Haut-le-cœur garantis pour ces départs à l'aube. Chargée la veille au soir, la voiture était prête, une aventure. Mon père revendiquait la nécessité de tenir une moyenne de soixante, faute de quoi l'expédition devenait compromise – difficile d'imaginer qu'on pouvait arriver à une heure devenue indécente pour consommer le tourin à la tomate de ma grand-mère. Les arrêts-pipi étaient consommés avec précipitation, dans le remords d'oblitérer cette sacro-sainte moyenne. Ma mère, ma sœur, mon frère, tout l'équipage était consentant. L'enjeu était de taille. Il s'agissait de rien de moins que d'aller à Malause.

Aller à Malause. Le concept tenait de la place

dans la famille. Au-delà d'une destination de vacances unique, indiscutable, Malause incarnait – à des degrés divers pour chacun des membres de l'habitacle – un enjeu identitaire, le rattachement aux vraies racines. Tous deux originaires du Tarn-et-Garonne, issus de familles paysannes, mes parents auraient dû être nommés instituteurs dans leur département. Mais il n'y avait plus de postes vacants, au milieu des années trente. Alors ils avaient eu le choix entre la Seine-et-Oise et l'Algérie. Le prestige de l'Île-de-France l'avait emporté sur le soleil d'Afrique du Nord. Et voilà comment je grandissais dans des maisons d'école à Chaponval, à Louveciennes, dans des lieux habités secrètement par le passage des impressionnistes. Mais les vacances, c'était Malause, la maison de mes grands-parents maternels. Les sept cents kilomètres du trajet étaient pour moi comme une longue épreuve, un rite initiatique. Ambiance plutôt silencieuse dans la voiture, sauf lorsque mon père commençait à somnoler et réclamait l'assistance de la chorale familiale pour entonner :

Passant par Paris, vidant ma bouteille (bis)
L'un de mes amis me dit à l'oreille bon bon bon
Le bon vin m'endort l'amour me réveille.

À *Garonne*

Je ne savais pas ce qu'était une chanson à boire. Pour moi, il s'agissait de la chanson-pour-ne-pas-s'endormir-en-allant-à-Malause. Mon père. Ombrageux et fier directeur d'école. Dans sa bouche, le bon vin qui endort et l'amour qui réveille n'auraient su évoquer des voluptés rabelaisiennes. Dans sa bouche, tout devenait sérieux, travail. Même les filles légères et le bon vin étaient conviés à une tâche respectable : aider Adrien Delerm à convoyer sa famille à bon port. Les somnolences survenaient après la pause de midi, invariablement pratiquée dans le Restaurant des Familles, à Razès, étape mythique où l'on nous servait pour cinq francs des menus pantagruéliques.

Plus tard dans l'après-midi, une autre phrase rituelle tombait des lèvres paternelles : « Tu n'as pas un bonbon par là ? » La question adressée à ma mère ne la prenait jamais au dépourvu. Les « bonbons par là » étaient souvent de larges pastilles de menthe bleu pâle farinées de sucre glace. Les lettres en relief s'effaçaient bientôt sous le suçotement. La force mentholée venait de pair avec la transparence et l'on soufflait un air glacial qui faisait reculer la moiteur assoupie de ce début d'après-midi si creux qui se désespérait à Limoges – on ne tiendra jamais la moyenne.

On arrivait toujours à l'heure, puisque ma grand-mère ne vivait que pour l'heure de notre arrivée. Elle ne s'inquiétait pas, je crois. C'est le téléphone, et plus encore ensuite le téléphone mobile, qui ont précipité l'inquiétude, avec le pouvoir de la dissiper. Mon grand-père, lui, savait que nous devions arriver. Mais il ne nous attendait pas. Il était hors du coup. Pourquoi ? Je ne me posais pas la question. C'est étrange comme les enfants entérinent les rapports de force, les équilibres conjugaux. C'eût été remettre en cause la singularité de Malause que de ne pas imaginer d'une part une grand-mère avenante et replète, pour qui notre venue était une fête et qui m'embrassait à m'étouffer, le seuil de la maison à peine franchi, et d'autre part un grand-père bougon, taciturne et distant, dont le nez bourgeonnant me répugnait, justifiant à lui seul un éloignement qui me semblait parfois délibéré parfois subi, et que quelques années plus tard, après sa mort, on nommerait soit « le pépé Coulaty », soit « le pauvre pépé Coulaty » – l'adjectif n'impliquant pas nécessairement un apitoiement exacerbé, mais tenant dans les coutumes méridionales le rôle d'une épithète homérique posthume et systématique.

Une dernière halte du côté de Nontron, de Brantôme, valait surtout pour la confirmation d'apprivoiser le but : le garagiste avait déjà un peu d'accent.

L'accent. Mon père et ma mère l'avaient

emporté pour leur part jusqu'en Seine-et-Oise.
Rocailleux, rugueux, celui de mon père, mais la
tessiture assez aiguë de sa voix n'en faisait pas le
gave sourd des parodies rugbystiques : le rou-
lement du *r* sonnait distinctement, et plus encore
les nasalisations – je te souhaite une bonne annnée.
Moins éclatant celui de ma mère : il s'était quelque
peu estompé au contact des raccourcis phonétiques
propres aux usages du nord de la Loire. Mais avec
le retour au pays, la relative compression de leur
parler chantant lâcherait la bonde. À Malause, à la
Bénèche, fief de mon père, avec leurs parents,
leurs frères et sœurs, ils retrouveraient le patois
languedocien qu'on-ne-peut-traduire-sans-lui-ôter-
sa-saveur – un théorème qui faisait donc de moi
un exilé, un émigré de la deuxième génération.
Quelques phrases me resteraient, celles que je me
faisais répéter, expliquer, parce qu'elles rencontraient un franc succès. Ainsi l'anecdote de ma
tante Renée quand elle était petite fille, assise au
bord de la route le jour de la fête, et si fière de
ses chaussures neuves qu'elle déclarait à chacun :
« *Gaytas mundès qu'unis pulidis pépès !* », ce qui
signifie : « Bonnes gens, regardez mes jolis pieds ! »
Ou bien, pour rester dans le registre de la
chaussure, l'histoire de ma tante Andrée qui, se
voyant reprocher à l'école l'usage du patois, rétor-
quait : « *Moun payré portabo d'esclops, podi bé*

parla patouès ! » (Mon père porte des sabots ; je peux bien parler patois.)

Des sabots, c'est elle surtout qui en portait désormais, depuis qu'avec son mari André Capmarty elle s'était installée dans une ferme à la sortie du village, sur la route de Brétounel, à côté d'un grand hangar de bois où ils faisaient sécher le tabac. Mais le pépé Coulaty avait vu ses activités se transformer, et mettait plutôt des chaussons ou des souliers de ville. Une première maison achetée à Malause avait été convertie en atelier pour la fabrication de cageots à fruits et à légumes. Juste à côté, un autre bâtiment était devenu *la* maison, la seule que j'aie jamais connue.

MAISON toute simple, de plain-pied. Pas très jolie, avec son crépi gris granuleux. Mais les fenêtres et la porte d'entrée étaient encadrées par une frise hachurée rouge et blanc. En contrebas du village, à cent mètres de la gare, au bord d'un virage, la maison frôlait un immense platane, et l'on disait que mes grands-parents habitaient « au platane » – l'expression avait un je-ne-sais-quoi de seigneurial. Une petite porte-fenêtre donnant sur la gare était condamnée désormais par un store métallique. Elle rappelait l'époque où ma grand-mère avait tenu là, dans la pièce qui était depuis devenue sa chambre, une buvette-épicerie dont le succès fut éphémère.

J'explique, et tout me semble faux. À cinq, six, sept ans, je ne me suis jamais dit : « Le store métallique est fermé parce que la chambre fut une buvette-épicerie. » Non, cette porte-fenêtre condamnée, ce store tiré faisaient partie de l'essence de la chambre, ils étaient ma grand-mère, autant que l'almanach de *La Dépêche du Midi* posé sur sa table de chevet et le portrait de Rouget de Lisle accroché au mur.

L'almanach de *La Dépêche* : un volume broché, glacé, un liséré violet – la couleur de Toulouse. Et dedans, entre deux dictons, deux dessins humoristiques et deux recettes, les photos des matchs du T.F.C. Je commençais à lire, et ne connaissais rien encore au foot. Étonnant pouvoir poétique de ces photographies de matchs quand on ne possède rien de la dramaturgie ni de l'enjeu. On voit seulement que des dizaines de milliers de spectateurs se sont tassés dans les tribunes pour regarder un gardien de but à casquette saisir avec une facilité dérisoire un ballon arrêté dans l'espace. La légende indique qu'il s'agit d'un arrêt remarquable. Un prestige inouï nimbe ce geste hiératique qui suscite à la fois l'enthousiasme et le respect des connaisseurs – car pour l'enfant qui contemple la scène, c'est la seule élégance du « portier » toulousain qui cristallise les passions : cela semble par ailleurs si évident de cueillir une balle morte à bonne distance de deux joueurs statufiés qui ne manifestent aucune velléité d'opposition.

Rouget de Lisle : une gravure encadrée sous verre, dans les gris éteints, les noirs fumée. La main

16

droite sur le cœur, le bras gauche déployé, les yeux
révulsés, le regard tourné vers des hauteurs inac-
cessibles, Rouget porte de fines bottes, un pantalon
des plus collants. Autour de lui, dans le salon du
maire de Strasbourg, une vive agitation bouscule le
décor compassé. Au fond, à gauche, la pianiste qui
accompagne Rouget s'est retournée vers lui, téta-
nisée, et ses mains quittent le clavier, comme si
l'énergie seule de Rouget suffisait, et dépassait le
caractère musical de sa performance. Aux pieds du
chanteur, un cahier a dû glisser de ses mains – il
n'a plus besoin d'aide pour incarner les paroles de
son chant, qui l'enfièvre et le consume. Au fond,
à gauche, des chapeaux se lèvent, on se laisse
emporter par la ferveur révolutionnaire. Le maire
et son épouse, de part et d'autre de Rouget,
demeurent assis dans leur fauteuil, mais on les sent
troublés, hésitant à quitter leur raideur protocolaire.

Pourquoi cette image dans la chambre de ma
grand-mère ? Je pourrais évoquer aujourd'hui les
sympathies radical-socialistes de son père, le grand-
père de Gandalou. Mais comment justifier alors la
présence d'un crucifix où s'accroche un rameau de
buis desséché ? Toute atmosphère est irréductible.
Glaner à gauche et à droite les éléments abstraits qui
justifient la présence des choses serait un contresens.
Se laisser submerger. Écrire c'est cela. Retrouver un
état d'enfance où l'on se laisse submerger.

À Garonne

Un portail de bois assez frêle peint en vert
jouxtait la maison sur sa gauche, donnant accès à
une cour gravillonnée. L'intéressant pour moi,
c'était une petite rigole qui longeait le mur. Elle
s'élançait en contrebas d'un gros bac à lessive en
ciment situé à l'angle du hangar ouvert. Les rôles
étaient d'évidence : à ma grand-mère, à ma mère
celui de laver le linge, le dos courbé sur ce lavoir,
puis de le torsader pour le rincer à gestes fatigants,
d'une énergie presque brutale ; à moi, à mon
cousin Jean-Pierre quelquefois, celui de guetter la
rivière de l'eau usée, d'abord très blanche, puis de
plus en plus claire s'écoulant dans la rigole. Au
premier virage, juste en dessous de la cuve, le
torrent blanc s'élançait avec une vigueur dévasta-
trice, débordant de son lit pour mouiller les gra-
villons. Ensuite, il s'assagissait progressivement,
encore impétueux pour couler sous les dalles
orangées qui couvraient la rigole en face de la
porte d'entrée, beaucoup plus calme en passant
contre le portail, négociant un virage avant de disparaître, déjà presque immobile, fétide et nau-
séeux, dans un long tuyau de béton qui s'enfonçait
dans le sol et partait vers la voie ferrée, le canal.

Le jeu était bien sûr d'attendre impatiemment la
fin du lavage, puis de lancer dans le maelström de
l'eau de rinçage des flottilles variées. Les bateaux
en papier résistaient mal à la violence du courant,

roulant cul par-dessus tête bien avant le tunnel de la porte. Plus convaincantes s'avéraient des embarcations de bois léger, confectionnées avec des chutes de cageots à pêches. Le fleuve sentait la lessive. L'idée de propreté se mêlait à celle de navigation, puis le cours d'eau s'asséchait – on n'avait pas le droit de faire couler de l'eau pour rien. Contraignante et délicieuse, l'attente de la lessive recelait toute l'alchimie de notre plaisir, écho dévoyé du travail des adultes.

Il en était de même à l'atelier. Le ronflement de la scie à moteur y exaspérait l'idée de danger, puisqu'on ne pouvait s'entendre, et que cette impossibilité de communiquer rendait plus virtuelle et plus probable l'occurrence d'une catastrophe. Je ne m'y aventurais guère qu'avec Jean-Pierre, dit Pilou – il fallait au moins un compagnon pour pénétrer dans cet enfer où mes parents ne nous laissaient accéder qu'après une kyrielle de recommandations acceptées de manière évasive, mais qui nous nouaient la gorge dès notre entrée dans la fournaise. Avec le bruit, l'odeur. Odeur de sciure à la fois blonde et comme un peu râpeuse, indissolublement liée à la texture poudreuse de la fibre de bois. Cette odeur, je la retrouverais quelquefois près des scieries bien sûr, mais plus inexplicablement après l'amour, surgie ex abrupto, venant me rappeler que faire l'amour est peut-être la seule clé pour retrouver l'intensité des sensations d'enfance.

Il y avait deux personnages dans l'atelier du pépé Coulaty. Le pépé lui-même intervenait le plus souvent sous la forme de la colère, de l'imprécation. L'injure la plus fréquente, malgré toute la saveur ensoleillée que l'on peut prêter au patois languedocien, n'en constituait pas moins une attaque des plus virulentes contre l'ordre divin. « *Canaille de coqui de mille diou !* » J'ai peur qu'il ne faille y ajouter une « *puto de viergo* » plus redoutable encore dans l'anathème. Une traduction ne semble pas nécessaire. Cette canaille de Dieu pouvait être le sort, qui voyait une belle planche se fissurer, un éclat de bois obstruer le ruban de la scie. Mais le plus souvent, la canaillerie s'incarnait sous les traits de Roger Barrié, unique ouvrier de mon grand-père, et comme tel responsable de toutes les turpitudes du destin, de toutes les vicissitudes qui peuvent survenir dans la construction d'un cageot à pêches ! La Gitane papier maïs imperturbablement collée à la lèvre inférieure, Roger accueillait les promesses de damnation avec le sourire. Était-ce réellement un sourire ? Peut-être seulement le reflet d'une impavidité qui regardait naître la tornade, la laissait s'enfler puis décroître en grommellements sourds. Stoïcienne, la moue de Roger disait clairement : « J'en ai vu

d'autres, ce ne sera pas la première ni la dernière ! », et si cette presque indifférence présentait
dans un premier temps l'inconvénient de gonfler
comme un spinnaker la colère de mon grand-père,
le coup de vent passé, le silence de Roger préci-
pitait aussi l'accalmie, que des arguments bien
choisis n'eussent pu que différer.

Pour le reste on nous laissait vaquer à l'atelier,
récupérer des chutes de planchettes grâce aux-
quelles nous confectionnions surtout des avions,
avec quelques petits clous et un marteau qui
traînait toujours à portée de main. Nos modèles les
plus réussis avaient droit à quelques couches de
peinture – fond chocolat, lettres blanches ou l'in-
verse, notre choix se limitait à cette alternative.
Mais au-delà de ces réalisations plutôt décevantes,
l'enjeu était de s'intégrer quelques heures à l'activité bourdonnante de l'atelier, lieu viril où nos
sept ans n'en revenaient pas de trouver place.

Entre l'atelier et la maison, deux bouches d'ombre terrifiantes, deux gouffres pervers, l'un attirant, l'autre repoussant. D'abord, le puits. Au-dessus de sa margelle basse, un système de grillage, une petite porte ménagée dans la ferraille pour protéger les enfants, voire les animaux imprudents du quartier. Mais cet assemblage bien frêle au regard de son ambition ne protégeait pas de l'attirance exercée par cette colonne ouverte à la lumière, et que la perspective en contrebas transformait en entonnoir nocturne. Le bruit de la manivelle qui descendait le seau apprivoisait la peur avec ses à-coups sourds, sa cadence bien humaine. D'une tout autre nature me semblait l'implacable régularité de la chaîne mouillée s'enroulant anneau après anneau autour du moyeu transversal. Cette plongée dans les abysses de l'eau noire était la métaphore d'une mort lente, glissante et moussue, d'une chute irrémédiable et captivante. Le corps cambré d'horreur, je n'en appuyais pas moins le visage contre les losanges du grillage, fasciné. Dans les années cinquante, on ne se servait plus du puits que de manière épisodique, mais cette rareté même impliquait une ritualisation qui sacralisait la frayeur.

De même, je ne connaîtrais que quelques années la seconde bouche d'ombre – assez longtemps toutefois pour être poursuivi par cette image. Il s'agissait, disons des cabinets d'aisances – le complément de détermination prend ici une valeur assez ironique. Sis au fond du hangar, contre le mur de notre voisin Delsol, les cabinets susdits étaient d'un confort janséniste. Une plaque de ciment. Un trou dans le sol... et c'est tout. La porte de bois peinte en vert une fois fermée, on ne trouvait aucune raison de rester là plus de temps que ne requérait la pratique de l'opération. L'accroupissement, les pieds écartés, légèrement en avant de l'orifice, s'accompagnait d'une irrépressible angoisse. Bien sûr, le trou n'était pas tout à fait assez large pour qu'on puisse craindre de s'y engloutir complètement. Il n'était pas assez étroit cependant pour que la pensée d'un enfant ne vienne s'attarder sur cette éventualité. La matière libérée dans l'espace rejoignait le magma originel avec un petit floc dont je craignais à la fois l'éloignement et la proximité.

Le puits, les cabinets. Ces deux cercles terrifiants rattachaient pour moi – petit banlieusard habitué au confort de nos maisons d'école – la maison de Malause à des origines telluriques ancestrales. Au-delà de la précarité, c'est son authenticité qui s'en trouvait rehaussée à mes yeux. Les draps si frais, si rêches du lit de ma grand-mère, où je dormais parfois près d'elle quand nous étions trop nombreux, protégeaient mieux, réchauffaient davantage. Dehors, tout près, juste en dessous, cette menace souterraine : le ventre de la peur.

JE N'ALLAIS pas souvent dans la chambre du pépé Coulaty. Je n'avais pas assez d'intimité pour m'y retrouver seul en sa compagnie – à vrai dire, cette perspective m'eût effrayé. Pourquoi ? Il ne leva jamais la main sur moi, ne me manifestait pas même la mauvaise humeur qui le saisissait en présence de Roger Barrié. Mais c'était le silence, la distance, l'impossibilité physiquement ressentie de pénétrer dans son univers. Mettait-il volontairement cette barrière pour préserver sa solitude, ou bien en souffrait-il secrètement ?

Une anecdote me paraît symbolique de cette difficulté entre nous. C'était un quinze août, jour de la fête communiste au bord du canal latéral à la Garonne. Certes, cette fête d'origine politique n'avait pas l'ampleur de la fête votive, traditionnellement célébrée une quinzaine de jours auparavant, juste après la Sainte-Marthe, patronne du village. Mais, convaincus ou non par la doctrine marxiste, les Malausains ne boudaient pas cette festivité agréablement distillée au bord du chemin d'eau. Ils écoutaient avec plus ou moins de ferveur les discours politiques – les orateurs s'exprimaient au début de l'après-midi, avant d'abandonner l'estrade à l'orchestre. Pour les enfants, c'était juste « l'autre fête », une fête de plus, un peu moins de manèges, mais un plaisir plus concentré, et un stand de balançoires que j'adorais. Je devais avoir dix ans. Mes parents étaient allés se promener au bord de la Garonne avec des amis. Je venais de gagner un pistolet à amorces qui était tombé de ma poche pendant que je faisais de la balançoire. Le tour à peine fini, je me précipitai pour récupérer mon bien. Pas assez accroupi, je pris de plein fouet sur le sommet du crâne la petite barque métallique où un autre enfant s'élançait déjà. Rien de bien grave en fait, mais un choc sourd, beaucoup de sang, et tout de suite un vif émoi dans l'assistance. M. Ducros, un de nos voisins, un des principaux organisateurs aussi de la fête communiste, me prit sous son aile. On me désinfecte tant bien que mal, on me fait un pansement cerné d'une bande Velpeau. Puis M. Ducros me reconduisit chez moi.

Il espérait y trouver mes parents. Je lui assurai qu'ils allaient revenir d'une minute à l'autre. Pour l'heure, il n'y avait que le pépé Coulaty. Un peu

inquiet, promettant de repasser un peu plus tard,
M. Ducros me laissa. La scène qui suivit me donna
une sensation étrange. Pour une fois, j'étais seul
avec mon grand-père dans une situation particulière. On pouvait imaginer sans difficulté un dialogue comme écrit à l'avance avec des ne t'en fais
pas ils vont arriver, ça ne te fait pas trop mal, non
ça va, ton père va t'emmener chez le docteur
Costes, qu'est-ce que tu crois qu'ils vont me
faire...

Mais non. Pas le moindre mot. Une gêne à
couper au couteau. Du côté du grand-père, un
embarras presque palpable. Du côté du petit-fils,
un agacement de voir que son grand-père ne
trouvait rien à lui dire en de telles circonstances.
Et par en dessous, très lourds, très profonds, tous
les anciens silences, tous les mots que nous ne
nous étions jamais dits et qui nous entravaient à
présent sous le grand soleil d'août, transformaient
en hostilité latente ce qui n'avait été jusqu'alors
qu'une absence. Comme ils me semblaient durs,
les premiers mots qui ne pouvaient venir ! Le pépé
Coulaty tournicotait vaguement autour de moi.
Assis sur le petit muret de pierres sèches à côté du
portail, j'attendais comme lui la délivrance.

Pas étonnant que je n'eusse jamais pénétré dans
sa chambre qu'en son absence, de préférence
quand il était à l'atelier, et avec le sentiment d'être

en faute, de découvrir un décor qu'il ne souhaitait pas livrer. Un lit haut de bois sombre, charançonné. Un secrétaire sur lequel traînaient des enveloppes bleu pâle avec sa raison sociale : Léon Coulaty – propriétaire négociant – exploitation des bois de la Garonne. Je poussais parfois l'audace jusqu'à ouvrir les portes de ce meuble calé contre le mur entre les deux fenêtres à peine entrebâillées. C'était souvent l'été, mais la chaleur n'était pas seule en cause. Les autres pièces de la maison ne baignaient pas perpétuellement dans cette obscurité qui paraissait moins rechercher la fraîcheur que témoigner d'un retranchement, d'un désir d'atténuer l'intensité de la vie.

Je ne fouillais pas dans le secrétaire. Il suffisait de rester là, devant les boîtes de Calmo-Diger empilées sur les étagères. Calmo-Diger : un beau système intestinal rose pâle dessiné sur un des côtés de la boîte en indiquait clairement l'usage. Je ne savais pas que mon grand-père souffrait de maux d'estomac. Je le devinais seulement, à contempler cette théorie de boîtes dont la profusion, la quantité d'espace occupé dans le secrétaire traduisaient l'importance dans son univers physique et mental. Quelques haussements d'épaules de ma grand-mère me laissaient supposer qu'il se chouchoutait, que le mal n'était pas si grand.

En même temps, la précision clinique du dessin rose de l'appareil gastrique entr'aperçu dans la pénombre de la chambre morte révélait la profondeur d'un secret qu'un simple haussement d'épaules ne pouvait dissiper.

Par ailleurs, mes rapports avec mon grand-père se limitaient à un cérémonial épisodique. De temps en temps, il sortait de sa poche quelques pièces, et me demandait d'aller jusqu'à l'épicerie lui acheter des barres de chocolat fourrées à la crème. À quelque deux cents mètres de la maison, dans la côte qui montait vers le centre du village, l'épicerie Casino, en dépit de sa raison sociale qui la liait à la firme stéphanoise, n'avait rien d'un supermarché. Petite épicerie de quartier presque toujours ouverte, où l'épicière, Mme Borderies, connaissait les habitudes de chacun. Quand j'entrais, elle savait qu'il lui fallait s'emparer d'une de ces boîtes jaunes au format presque carré, en carton souple et glacé. Une barre de chocolat coupée en deux figurait sur le couvercle, révélant le fourrage blanc. À l'intérieur, les dix languettes plates étaient enrobées dans un papier aluminium bleu nuit. Conditionnement raffiné, pour une gourmandise à distiller dans le temps, sans gloutonnerie précipitée.

Sur le trajet du retour, j'ouvrais la boîte et c'était

beau, tout ce bleu à peine fripé, cette intégrité parfaite du trésor inentamé. Je savais qu'en récom-
pense de ma course, le pépé me donnerait une des
dix languettes, mais il eût été inconcevable de
m'arroger ce privilège avant que la boîte jaune
n'eût transité par ses mains, et c'était beaucoup
mieux ainsi : l'attente et la gratitude feinte faisaient partie du rite.

Nos complicités gastronomiques s'arrêtaient là.
Je ne pouvais regarder sans répugnance l'assiette
de soupe au lait que mon grand-père réclamait le
soir. Des morceaux de pain ramollis se délitaient
dans l'écuelle, et la cuillère montait lentement à sa
bouche en tremblements mal maîtrisés, suivis de
succions incertaines. La chambre du pépé Coulaty
était à son image : impressionnante, sombre, et
comme retranchée. Toute en superficie, mais tenant
une place étrange dans ma vie d'enfant – seulement le poids de cette obscurité, de ce silence.

À L'EST, la chambre du grand-père, à l'ouest celle de ma grand-mère. Entre ces deux côtés plus éloignés que ceux de Guermantes et de Swann, l'essentiel de la vie tournait autour de la cuisinière en fonte aux cercles concentriques progressivement découverts pour ranimer le feu. Du vaisselier, je revois surtout deux assiettes cernées de vert, et représentant en noir et gris des scènes de chasse, dramatisées par l'exiguïté du dessin. Comment les canards pouvaient-ils échapper à ce fusil que les chasseurs pointaient à quelques centimètres de leurs ailes ? Au fond de la cuisine, côté sud, une porte « au clisquet » ouvrait sur le chais.

Le clisquet. Ce mode d'ouverture on ne peut plus rudimentaire, utilisé pour toutes les portes, est peut-être pour moi la caractéristique la plus évocatrice d'une façon de vivre dans les maisons du Midi. Devant, une pièce métallique plate et arrondie, de quelque cinq centimètres de diamètre, conçue pour y poser le pouce, en appuyant. Prolongée par une tige pénétrant dans la porte à travers une petite ouverture rectangulaire ménagée à cet effet, elle permet de soulever derrière une autre tige beaucoup plus longue qui quitte sa gâche creusée dans le mur pour libérer la porte. Dire cela n'est rien dire, sinon qu'il s'agit là d'un mode opératoire peu méfiant. S'agissant de la porte d'entrée, quand on s'en va, on n'emporte pas le clisquet : on le cache sous le premier pot de fleurs venu – n'importe quel bout de ferraille remplirait le même office.

Mais tout le charme du clisquet tient dans une apparente absence d'efficacité. Le mouvement du mécanisme n'est pas franc, pas brutal ni comminatoire : un début de translation accompagne le geste du pouce qui appuie sur le cercle métallique. Derrière, il y a du jeu, une vivante approximation, suivie d'une résonance tardive : plutôt comme une espèce de tintement de cloche où le métal ne se déclenche qu'à regret, avec un assoupissement dilatoire. On s'intéresse à la porte, en ouvrant au clisquet. Elle n'est plus une fonction anonyme, mais un meuble charnel, dont l'ouverture réveille au passage toutes les mains qui ont pesé sur le clisquet avec les mêmes approximations, la même soumission aux fantaisies du système.

À *Garonne*

Au fond de la cuisine, on pénétrait donc dans le chais. Une pièce toute sombre, accotée au mur de la maison du voisin, une pièce où l'on rangeait des ustensiles, et des aliments dans une haute armoire. Pour moi surtout, l'endroit où je me lavais, les jours de « grande toilette ». Deux bassines émaillées de bleu, une pour se laver, une pour se rincer. Tout un cérémonial, et tout un embarras. Se dévêtir dans cet espace froid et sombre, proportionner vaguement le sérieux de la toilette au dépaysement occasionné par le remplissage et le transport des bassines, se dandiner maladroitement pour éviter de poser le pied sur la terre battue : tout cela s'effectuait dans une gêne frileuse, avec un sentiment d'obligation, de dépendance. En même temps, il me semblait percevoir là comme à la dérobée le secret de la maison, frôler les entrailles, les réserves, la face cachée d'un univers qui me tenait sous son emprise, pendant que nu et savonneux je me sentais passager clandestin.

AUTREFOIS, le terrain qui, au-delà de la maison, longe sur la droite la route de la gare fut un parc, appartenant à « la générale », une veuve dont on parlait très peu, avec une nuance de respect. La Belle Époque enfuie, une usine de ciment, la Sabla, a prosaïquement remplacé les allées à ombrelles. L'usine existe encore aujourd'hui, mais se meurt à petit feu. Dans la famille, nous guettons avec une gourmandise un peu honteuse les signes de sa décrépitude. À l'argument « ça donne quand même du travail aux Malausains », nous savons qu'il est devenu possible de répondre qu'il n'y a quasiment plus d'autochtones parmi les ouvriers. À notre décharge, il faut préciser qu'au fil des ans l'usine a été de plus en plus envahissante, faisant tourner ses machines jour et nuit, transformant la route de la gare en terrain de manœuvres pour des élévateurs

39

À *Garonne*

et des camions de plus en plus vrombissants, le
tout saupoudré d'une mince couche neigeuse de
ciment que le moindre vent d'ouest fait voler au-
dessus des jardins proches.

On y a construit des tuyaux de toutes tailles,
avec une frénésie particulière dans les années
soixante-dix/quatre-vingt, comme si la défiguration
de la vallée de la Garonne était la condition nécessaire à sa survie. En même temps, la construction
de la toute proche centrale nucléaire de Golfech
nimbait cette énergie d'un nuage inquiétant, le
progrès irradiant suscitant la colère, l'approbation,
les mêlant quelquefois dans une spécieuse dialec-
tique – la plus célèbre illustration restant le fait
d'avoir vu un membre éminent de la classe politique défiler « contre » aux années baba cool,
avant de défiler « pour » au début des années
Mitterrand.

Quand j'étais enfant, la Sabla ne suscitait pas
la même hostilité – mais peut-être étais-je moins
sensible aux critiques formulées à son égard. Plus
compacte, plus ramassée, elle ne déployait l'essentiel de ses activités qu'en face de la gare. Tout
près de chez nous, sa présence ne se manifestait
que par quelques enfilades de tuyaux, à hauteur
d'homme. Sans doute s'agissait-il de pièces défec-
tueuses, car aucun élévateur ne venait jamais en

prendre livraison, et les hautes herbes blondies par le soleil avaient eu le temps de s'insinuer contre le gris rugueux du ciment.

On m'interdisait d'y aller jouer en compagnie de mes cousins et cousines, en évoquant la menace d'un écrasement possible, les tuyaux n'étant pas calés. Bien sûr nous n'en avions cure, et bien sûr c'était plus excitant encore de courir à l'intérieur de ces boyaux où nos fous rires étouffés résonnaient vertigineusement.

Notre alibi pour franchir le Cardayre, minuscule ruisseau qui entourait l'usine ? Tout au bout du terrain de la Sabla, à quelques mètres du portail, de l'autre côté de la route, quelques traverses avaient été abandonnées. Elles devaient évoquer aux regards adultes une structure familière, de nature industrielle. Mais pour Pilou, Marie-Hélène, Lili et moi, il s'agissait à l'évidence d'un bateau. Notre bateau. Nous nous y embarquions pour des voyages qui valaient moins par leur destination que par la répartition des tâches au sein de l'équipage, la perspective d'y simuler des nuits blotties au creux du carénage, des repas frugaux, mais très répétitifs. Nos réserves alimentaires faisaient preuve d'une certaine originalité, pour des corsaires. Il s'agissait en effet de minuscules sachets de pastilles Ricard. De la taille de pastilles Vichy et de même apparence crayeuse, elles étaient conditionnées en paquets de dix unités, vendus dix centimes à l'épicerie Casino. L'origine de ce choix était dû évidemment à la modicité de l'achat. Mais le goût anisé s'inscrivait assez bien dans la couleur de nos aventures. Anisé. Alizé. La fraîcheur de nos vivres était à l'unisson de notre soif d'aventures.

Parfois, nous nous lassions de traverser les océans. Le Cardayre suffisait à notre bonheur. Une eau peu profonde mais régulière y stagnait sous de minuscules lentilles d'un beau vert pâle. C'est là que vivaient les têtards. Nous les capturions à la main ; leur vivacité, queue déployée en gouvernail derrière leur corps ovoïde, mais surtout la viscosité glissante de leur être informulé rendait l'opération intéressante. Cette pêche n'était pas d'une difficulté insurmontable, mais la fréquence des échecs rehaussait l'intérêt des prises. Pour le reste, nous nous munissions d'une casserole d'eau où les bébés grenouilles frétillaient dans une transparence jubilatoire et incongrue, contraire à leur nature marigotière. Rentrés à la maison, nous obtenions parfois à grand renfort de diplomatie l'occupation pour nos prises du bassin à lessive. Le plus souvent, il fallait se rabattre sur un récipient plus modeste, seau rouillé, cuvette cabossée. De toute façon, le pronostic vital émis par la gent adulte

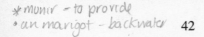

laissait peu d'espoir : vos têtards ne peuvent pas vivre hors de leur milieu naturel.

Alors nous aménagions leur prison avec des lentilles arrachées, de l'eau puisée au ruisseau verre à verre en vagues processionnaires. Dans le faux marécage, nos captifs survivaient quelques jours. Nous avions quelquefois le privilège de leur voir pousser des pattes. Mais ils mouraient avant de passer réellement à l'état de grenouille, et cette ultime transformation, dont on nous disait pourtant qu'elle était dans la norme, demeurait à nos yeux une virtualité un peu monstrueuse. Finalement, c'était moins triste de voir mourir un têtard que d'envisager dans la présence d'une éventuelle grenouille la disparition d'un têtard désiré, puis aboli. Cette pêche dans l'eau fœtale du fossé avait à l'évidence de fortes connotations psychanalytiques. Faut-il tuer l'enfance en la considérant comme une essence, ou la laisser faire semblant de cheminer dans une évolution qui semble sourdre de son propre désir et cependant la dénature ? La réponse est aussi difficile que la pêche aux têtards à mains nues dans le ruisseau de la Sabla.

Malgré l'usine, la route de la gare conservait des rites bucoliques. Le plus spectaculaire était le passage des moutons de Maurice Dufils. Je suppose que le berger devait cette appellation patronymique complète à une camaraderie ancienne avec ma grand-mère, ou plus vraisemblablement à une de ces connaissances exhaustives de la composition d'une famille qui s'allie souvent en province à une absence complète de rapports avec ladite tribu abstraitement maîtrisée. Vers six heures du soir, quelques bêlements épars, quelques tintements de clochettes suivis d'une rumeur plus sourde, un piétinement frénétique, me précipitaient sur le seuil de la maison. Le troupeau de Maurice Dufils revenait de la Garonne.

Dans le soleil fléchissant vers Bordeaux, la lumière orangée prenait une dimension mystique, filtrée par un formidable nuage de poussière. La

45

silhouette de la gare, celle de l'usine, s'évanouis-
saient, comme si les symboles de la modernité
renonçaient à leur pouvoir, s'effaçaient devant la
majesté d'une sagesse immémoriale. Deux chiens
de troupeau menaient vaguement la danse, mais les
moutons connaissaient la route. Aucun soubresaut,
aucune ruade comme on en voit toujours dans le
déplacement des vaches : la gent ovine prenait le
virage devant la maison avec, plus encore que de la
docilité, une espèce de sérieux spirituel, consciente
d'incarner l'image d'une perfection biblique – le
retour du troupeau, soumis au silence de son sei-
gneur.

De fait, Maurice Dufils apparaissait en majesté,
détaché de ses ouailles, tout à fait à l'arrière de la
procession. Il saluait d'une noble inclinaison de la
tête les badauds qui, comme moi, venaient admirer
ce retour au bercail. Sans doute n'était-il pas dans
sa nature de se livrer à un épanchement plus
familier, voire à ces quelques phrases lancées au
vol dont les habitants du Tarn-et-Garonne ne sont
en général pas avares. Je ne liais pas ce hiératisme
à son caractère, mais à la noblesse de sa fonction.
Autant que de ramener les moutons, celle-ci consistait
à donner à la fin du jour assez de solennité pour que
le soir puisse venir, que la lumière à l'approche de
la nuit ne soit plus désormais qu'un or d'enluminure
sur une page occitane de l'Ancien Testament.

C'EST une page assez différente que tournait, une demi-heure plus tard environ, sur le même tracé, M. Lepreux rentrant de la pêche. Il avançait lentement, la perspective de revenir se nicher au creux de son foyer familial ne lui inspirant apparemment pas de hâte excessive. Aucune prise ne gonflait la sacoche qui lui battait les flancs. Il eût été tentant de dire que la platitude vespérale de son sac faisait cruellement contraste avec l'encombrement de l'épuisette à long manche qui entravait sa marche. Mais à l'évidence, aucune cruauté dans tout cela : la taille de l'épuisette avivait moins le regret d'une capture potentielle qu'elle ne cautionnait l'immuable emploi du temps de M. Lepreux. Parcourir les quatre cents mètres qui séparaient sa maison du pont-canal. S'installer là, à l'ombre du pont, loin des racines des platanes. Son coin de pêche ? Son coin en tout cas, choisi davantage en fonction du confort et de la proximité que pour des motifs halieutiques. M. Lepreux passait là six ou sept heures par jour, partant dès le repas de midi terminé, comme si un impératif horaire l'eût convoqué au bord du canal au risque de perdre son domaine, mais personne ne prenait la place de personne. Sa tenue ne variait jamais : un bleu de travail dont la couleur avait au fil du temps tourné au mauve pâle, tandis que les poches poitrine se décousaient nonchalamment de part et d'autre de leur fermeture Éclair ; une casquette de même couleur, le plus souvent rejetée en arrière, une cigarette derrière l'oreille, comme si le temps lui eût été compté, et qu'il lui fallût se préparer à envisager au plus vite la possibilité de se livrer à mille occupations différentes.

Paradoxe très peu paradoxal. Les retraités le savent bien, qui vous opposent toujours les complications insolubles de leur agenda, avec ce commentaire : « Je n'ai jamais été aussi occupé. » Ainsi M. Lepreux craignait-il de ne pas avoir le temps de sortir la Boyard de son paquet, lui qui incarne à mes yeux pour l'éternité ce captivant mystère : la béance de la pêche.

Je n'ai pas le souvenir de lui avoir vu tenir en main une canne avec une ligne et un bouchon-flotteur prêt à bousculer la quiétude de l'instant en s'enfonçant brusquement. Non, il installait trois lignes de fond, maintenues au sol par les petits bouts de bois en fourche requis pour cet usage. Il jetait ensuite quelques poignées d'appât blanchâtre qui se diluaient dans l'eau vert pois cassé. Puis il s'installait, assis par terre, adossé contre la paroi du pont. La probabilité de capturer ainsi quelques-unes des grosses pièces qui se promenaient au fond du canal – brèmes pleines d'arêtes, carpes sentant la vase ou quelque mythique brochet aussi rare que la baleine blanche – était des plus théoriques. Mais M. Lepreux semblait s'accommoder au mieux de cette difficulté. Méprisant les goujons, gardons et autres ablettes qui pullulaient au bord de la rive, il s'en remettait à ce rite d'une pêche quasi virtuelle. Je n'irai pas jusqu'à écrire qu'il venait pêcher dans l'espoir de ne rien prendre, mais on n'en était pas loin.

Quelles interrogations métaphysiques, quelles visions oniriques, quelles spéculations existentielles, familiales ou politiques passaient-elles durant toutes ces heures inactives sous la casquette de M. Lepreux ? Nous n'en saurons pas plus. Il est difficile de ne penser à rien. Pourtant, c'est bien de cette gageure que semblent s'approcher bon nombre de pêcheurs, une fois qu'ils ont fourbi toutes les armes destinées à un combat qu'ils désertent à la minute même où ils sont censés l'entreprendre. Dans leur entourage, on dit qu'ils sont à la pêche, et d'une certaine façon, c'est vrai. Ils pêchent ce que la vie ne donne jamais par ailleurs sans risque de jugements moraux péjoratifs ou insultants : une absolue bulle de temps où le code n'exige rien – rien que saluer de temps à autre un marinier sur sa péniche, un plaisancier sur son bateau promenade, répondre évasivement à un « Ça mord ? » même pas ironique lâché par un autochtone à bicyclette sur le chemin de halage.

Des cannes, une épuisette, de l'appât, du blé, des vers, une sacoche, une bourriche : beaucoup d'alibis pour quelques heures de rêvasserie tamisées dans l'ombre chaude. Mais tout cet attirail n'est encombrant qu'en apparence. C'est lui qui justifie la béatitude de l'instant pur. Aux yeux des autres, que le concept « aller à la pêche » rassure et tient à distance – il n'y a ni mépris ni misanthropie dans l'opération, puisqu'elle nécessite cette addition de contraintes qui constitue une sorte de laissez-passer, de permis de rêver délivré sans rancune. Aux yeux du pêcheur surtout, qui, matois, viendra de temps à autre vérifier le bon ordonnancement de son installation, changer un ver de vase, réenfoncer une fourche de bois. Il aura l'hypocrite politesse de faire semblant d'attendre quelque chose – les hommes supportent mal les hommes qui n'attendent rien.

SI PRÈS de la maison, le canal était le premier appel, le premier ailleurs. Dans sa sérénité, son immobilité, il incarnait Malause, il incarnait l'été. L'été, le temps ne passait pas. Les jours, dès le début des vacances, commençaient à décroître, car elles ne débutaient qu'après le 14 Juillet, se prolongeaient jusqu'à la fin septembre. Mais je n'en savais rien. Juillet, août, début septembre et Malause étaient une forme d'absolu démentant tout le reste – l'idée, par exemple, d'avoir à changer de classe à la rentrée suivante, l'idée de grandir, de découvrir, d'abandonner.

Le canal latéral à la Garonne – il ne prend qu'à Toulouse le nom de canal du Midi – imposait sa couleur. Nougaro est resté sur la berge, en parlant de son eau verte. Je n'ai pas le sentiment d'être allé beaucoup plus loin en risquant le pois cassé pour évoquer sa tonalité. Il y a un mystère, une

51

impossibilité tentante à nommer cette substance a priori monochrome de l'eau du canal. L'ombre des hauts platanes fonce la nuance, lui donne des connotations presque versaillaises – mais c'est peut-être aussi l'idée de symétrie, chemin de halage, double rangée d'arbres, longues enfilades rectilignes bornées à l'horizon par la même arcade de ponts rigoureusement semblables : leur arche bétonnée a pris avec le temps un peu de douceur vert-de-grisée, le lichen gagne. Influencé par ce toit végétal, on pourrait parler d'émeraude. Mais la réalité liquide est beaucoup plus claire. Presque couleur de mare – une émulsion de vase montée des profondeurs s'y délite en particules indivisibles. L'ensemble garde une opacité des plus compactes. Au bord de la rive, les racines pachydermiques disparaissent très vite. C'est une soupe de canal, épaisse et néanmoins rafraîchissante : une idée de fraîcheur en fait, car le vent ne souffle pas, il y fait souvent plus de trente à l'ombre, et seul le rare saut médian d'une brème ou d'un gardon ride durablement la surface.

Et puis enfin voici qu'un bateau passe. Aujourd'hui, ce ne peut être qu'un bateau de plaisir, une de ces maisons blanches flottantes qui tiennent à la fois du camping-car et du mini-yacht. « Voyagez autrement ! » disent les dépliants touristiques. C'est-à-dire entrez dans la paix, pénétrez dans cet univers à la richesse insoupçonnée : les canaux. Conduisez vous-même, et laissez-vous aller. Il y a des non-dits publicitaires. Celui-ci est presque explicite : renoncez à la fois aux avachissements littoraux et à la dépendance panurgique des voyages organisés. Mais n'affrontez pas de vagues : prenez en main votre farniente et faites-le glisser à l'ombre dans l'eau calme. Cela coûte assez cher. La population concernée est souvent quadra voire quinquagénaire : malgré les haltes concédées, cette infinie flottaison plate serait vite synonyme d'ennui pour les enfants. Des vélos sont arrimés sur le pont. Souvent, il y a deux couples. On ne sait pas bien si l'amitié peut survivre à ce côtoiement désinvolte en surface, mais qu'on imagine miné par de multiples tensions matérielles, menacé aussi par cette gêne d'un silence quasi obligatoire – on n'imagine guère un babil permanent couvrant le frou-frou de l'eau sous l'arche des platanes.

Un occupant à la barre. Les autres allongés sur des transats. Ils saluent au passage le pêcheur local, avec un mélange de gêne et de condescendance. Il leur faut assumer – dans un habillement réduit en général au strict minimum balnéaire – la délicate position du dominant social qui s'emmerde.

Le pêcheur local ne constitue pourtant à leurs yeux qu'une mini-corvée bonhomme et de bon aloi. Car depuis quelques années, le chemin de halage leur propose une épreuve autrement plus délicate : le pèlerin de Compostelle. Cette dernière engeance prolifère aussi vite que se vident les églises catholiques. Le pèlerin de Compostelle est un être a priori composite, harnaché par le Vieux Campeur quant au sac à dos, aux lourdes chaussures, aux chaussettes épaisses, mû par une énergie implacable et lente, muni en général d'un bâton de marche rustique. Short long dans les kakis, tee-shirt discret et parfois, comme un signe d'autodérision ou de raffinement dans l'ascèse du confort minimaliste, un mini-étendoir à linge accroché en haut du sac. Mais un je-ne-sais-quoi dans sa façon de marcher, de se taire ou de saluer révèle le rang social que tout ce fourniment voudrait dissimuler. Le yachtman pépère voit soudain pénétrer dans un univers dont il s'était rendu maître un concurrent redoutable.

Le pèlerin de Compostelle aurait les moyens de louer un petit bateau pour bronzer tranquille sur le canal. Mais il préfère donner à son été une dimension spirituelle qui méprise les voluptés dormantes. Il marche sur les traces d'une vérité ancestrale, il est en quête d'absolu. Pensez si les bourgeoises en bikini en prennent pour leur grade. Allumer quelques secondes une lueur de désir dans l'œil faussement apaisé du pêcheur local relevait d'une perversion gentille, c'était dans la règle du jeu. Et voici qu'à présent la donne change. La mode est à la quête de pureté en Pataugas.

C'est comme cela que je vois les choses aujourd'hui. Quand j'étais enfant, on n'avait pas encore ressuscité les rites du pèlerinage. Mais il en est ainsi d'un lieu où l'on revient chaque année depuis cinquante ans : certains passants demeurent, et d'autres changent. Les belles flemmardes dénudées – une rose d'automne est plus qu'une autre exquise – qui n'étaient pas de notre monde produisaient sur moi tout leur effet. Je n'avais pas attendu l'adolescence pour me sentir troublé par leur parfum d'Ambre solaire et leurs postures à la fois offertes et distantes, leurs petits saluts de la main et leur mépris.

Pas de pèlerin de Compostelle sur le chemin de halage à l'époque de mes sept ans. Mais sur le canal une alternance de bateaux promenade et de péniches, ces dernières en plus grand nombre. Elles occupaient une bonne partie de la voie d'eau et soulevaient bien davantage les jurons du pêcheur local – c'est toujours aux égaux que l'on réserve ses colères les plus aigres. Il faut dire que le passage d'une péniche – au rythme de quatre ou cinq par heure environ – produisait un raz de marée spectaculaire. Une odeur de vase montait de la terre découverte, et les vagues, en abolissant

quelques secondes la sérénité du canal, en souli-
gnaient aussi la perfection.

Mon expérience de pêche au canal prit d'abord
la forme d'un déplacement familial. Mon père
nous emmenait, mes cousines, mon cousin et moi,
dans ce qui devint vite « notre coin », à mi-chemin
entre les deux ponts-canaux, en allant vers Valence.
Chacun de nous avait sa canne et sa ligne. Il y a
une magie du bouchon-flotteur. Le mien était d'un
vert bleu plutôt sombre dans sa partie ventrue,
l'extrémité supérieure blanche rehaussée de deux
cercles rouge cerise. Un objet conçu pour se promener tranquillement au fil du courant ? Non. Un
objet voué à la surprise, au tressautement fébrile,
suivi d'un premier enfoncement brutal. Un faux
objet de surface, paradant dans ses couleurs ruti-
lantes pour donner le change, endormir le poisson.
Apparemment, le bouchon n'entretient aucun com-
merce avec la barbarie du fond de ligne, la cruauté
de l'hameçon. Sous ses petites couleurs pimpantes
et naïves, c'est un hypocrite. Son calme est le reflet
de celui du pêcheur. Un calme de prédateur musar-
dant dans l'horizontalité en fomentant des meurtres
troubles tout au fond.

Mon père pêchait près de nous. Mais il passait
l'essentiel de son temps à démêler les lignes que
nous avions emmêlées en ferrant trop fort, ou à
réparer celles que nous avions cassées en pêchant

trop près des racines. Sa patience dans ce domaine était sans bornes, et contrastait avec un caractère plutôt bouillant par ailleurs. Mais sans doute ne fut-il pas mécontent d'abandonner cet exercice fastidieux pour partir pêcher tout seul à l'aube au bord de la Garonne.

J'avais grandi entre-temps, assez pour pêcher tout seul au bord du canal. Cette liberté nouvelle reste liée à la découverte d'un appât qui se révéla miraculeux, au moins dans un premier temps : le Mystic. Il s'agissait d'une pâte synthétique légèrement translucide d'un beau rouge vermillon. Conditionné dans un tube métallique, le Mystic remplaçait l'asticot ou le ver de vase. Il fallait en enrouler la forme d'une goutte autour de l'hameçon. Mais ça collait. Je m'en mettais partout en m'essuyant les mains, ma mère se lamentait parce que les taches partaient mal à la lessive, parfois le tube se crevait. Il n'empêche. Cette précieuse petite goutte rouge est restée quelque part, transparente dans ma mémoire, et fait encore chanter tous les verts du canal.

Premier ailleurs, le canal était un faux ailleurs. Bien sûr, il pouvait présenter quelques dangers. Ma grand-mère y était tombée un jour qu'elle y lavait le linge, un des deux pieds du banc sur lequel elle s'appuyait s'étant rompu. Mon oncle Aimé qui travaillait à l'époque dans l'atelier de mon grand-père avait entendu des cris, s'était précipité dans l'eau tout habillé, et l'avait sauvée de la noyade. Mais dans l'ensemble le canal, par son immobilité, la constance de sa tonalité, ses ombres rassurantes, m'apparaissait comme un prolongement naturel de la maison, une première barrière mentale qui ne prenait son sens que par tacite allusion à un maître impérieux dont il n'était que le domestique soumis, apprivoisé de pont en pont, d'écluse en écluse. Le fleuve. Oui, quelque part, plus fort, plus loin, la Garonne cristallisait tous mes désirs. Elle était si puissante qu'il lui fallait un canal comme passage initiatique. Après le canal, des vergers de pêchers, d'abricotiers, quelques champs de maïs. Et puis surtout les plantations de peupliers. De petites feuilles jaunes tombaient dès le début de l'été sur la terre sablonneuse. Une rumeur aérienne presque métallique se mettait à jouer dans les feuilles au premier souffle de vent. L'odeur était blonde, la terre si légère, et cependant...

Comment croire aujourd'hui que la Garonne était comme un grand torrent, roulant les galets avec lesquels je faisais des ricochets, mais aussi de lourdes pierres venues des Pyrénées ? Je devais avoir quinze ans quand on a construit le barrage, le canal de dérivation, quand on a traîtreusement jugulé la vie de l'eau, affadi le fleuve de mon enfance. Aujourd'hui, suprême outrage, l'eau stagnante a la même couleur que celle du canal, comme si toutes les eaux devaient se ressembler, comme si tous les rêves devaient être canalisés, maîtrisés, aseptisés dans un chenal. Je n'ai plus sous les yeux ma Garonne pour en parler, mais elle n'était pas couleur de mare. Je la revois dans des bleus gris changeants, des verts de serpent inquiétant, le courant entraînant les reflets du ciel dans son vertige. L'été immobile trouvait sa négation.

Et c'est pourtant le cœur d'été qu'on venait

chercher là, en lente procession, à l'heure de la baignade – pas avant quatre heures et demie, il fait trop chaud et vous n'avez pas digéré. Le début de l'après-midi était insupportable de lenteur, sombrait parfois dans la morosité d'un cahier de vacances, l'ennui infini d'une sieste où je ne dormais pas. Les quatre coups de la pendule ouvraient enfin l'espace. Nous partions « à Garonne ». À Garonne. L'expression est restée. Aller à Garonne, c'est infiniment plus qu'aller au bord de la Garonne. Pas besoin des précautions d'un groupe nominal prépositionnel. Pas même besoin d'un article. À Garonne comme on dirait à Brocéliande, sous l'emprise d'un pouvoir. Pas sur la rive, mais dans tout le royaume voué au fleuve. Après la ferme des Forno, le pont tournant sur le canal, commençait le pays de Garonne. Les alignements de pêchers en étaient déjà, et plus encore ceux des peupliers. Avec une obédience longitudinale, ils orientaient leurs enfilades vers ce mystère, tout au bout. D'un coup, les peupliers laissaient place à un enchevêtrement de buissons de mûriers, de chardons, d'orties. Une odeur de vase mêlée à celle de la menthe sauvage précédait la révélation du fleuve, en contrebas, au bout d'une plage de galets.

Un vieux platane servait de référence à la baignade familiale. Je me baignais donc « au platane ».

D'autres allaient « au bac », d'autres encore « au vieux bac ». Au demeurant, les tribus nageuses n'étaient pas si nombreuses, et préservaient leur fief sans se risquer en territoire étranger. La plage qui se dessinait au-dessous du platane était assez vaste pour accueillir sans promiscuité notre clan et celui des Gary. Il suffit d'une certaine façon de prononcer les noms pour faire sentir aux enfants les subtilités hiérarchiques de la société adulte. À la façon dont on disait « les Gary », en faisant allusion quelquefois à la profession d'avocat de M. Gary père, je sentais une nuance de respect dont il fallait envelopper tous les exploits nata-toires de son cheptel.

Pas besoin de grand-chose pour m'impres-sionner à ce niveau. J'ai toujours éprouvé pour l'eau un mélange d'épouvante et de fascination. À la Garonne, mon père apprit à nager à toute la famille, cousines et cousins compris. Mais en dépit de ses didactiques et vibrants « un, deux, trois-quatre ! » ma brasse demeura désespérément raide et inefficace. La peur faisait barrage, entravait toute aisance par excès de désir. Enfant, je trouvais que le geste du crawl était le sommet d'une élé-gance que je n'atteindrais jamais, avec notamment cette seconde fière où le nageur ouvre la bouche sur le côté pour respirer en secouant la tête avec une concentration qui m'apparaissait comme un défi. Je me vengeais comme je pouvais. L'acquisition d'un masque et d'un tuba me permit de croire à l'amitié des profondeurs, de contempler les alevins en nageotant vaguement sous l'eau – le monde du silence.

Après ces faramineuses aventures, la sortie du fleuve manquait un peu de majesté. Glisser sur les galets mouillés, moussus, puis arpenter la plage sèche l'orteil réticent, le corps vite ployé par un faux pas, grimace aux lèvres, petits cris de douleur étouffés, sentiment d'être ridicule. Quel bonheur de sentir ensuite l'herbe sous les pieds nus ! Alors on s'asseyait pour le goûter. La bouteille de menthe à l'eau à la fraîcheur préservée par un linge humide installait sa transparence, et ce vert pâle étanchait ma soif et toutes mes frayeurs. Plus désirable encore était la tartine où le beurre et le chocolat également fondus prenaient dans leur consistance amollie une saveur inégalée. Je mangeais la Garonne, enfin domptée. Déjà Jean-Pierre me défiait aux ricochets.

Du côté du vieux bac, le chemin de la baignade était une des voies d'accès à la Garonne que je pratiquais. L'autre partait à droite après le pont-canal, et suivait les méandres du chemin de Camparole. Camparole. Le nom d'une ferme lointaine, près du fleuve. Mais le pouvoir chantant de ces quatre syllabes – oui, quatre – dépassait cette réalité. Camparole. Un nom pour sa musique. Aujourd'hui encore l'accent du Midi me semble atteindre une forme de perfection en modulant cette consonne dure, aussitôt démentie par ce qui devrait être une nasalisation, mais que le parler occitan déroule délicatement à plein palais avant de s'attaquer avec volupté à la mélancolie vocalique des deux derniers phonèmes. Surtout, ne pas s'attarder sur le *e*. « Je suis allé me promener sur le chemin de Camparole » sont en fait deux octosyllabes, même si le *e* final n'est pas tout à fait muet, et ouvre plus loin ce chemin de maraude, protecteur et buissonnier.

Au bout du chemin de Camparole, c'est une autre Garonne qui m'attendait. Une Garonne de pêche, mais rien à voir avec les rites lénifiants de la pêche au canal. Il fallait d'abord creuser le sol sous les galets, en extraire un magma de terre humide qui transitait par un tamis. On voyait alors apparaître les popoyes : les larves d'éphémères, une espèce d'insecte proche du pince-oreille, tout en longueur annelée dans les rouges et les noirs. Accrochées au bout de l'hameçon, les popoyes suscitaient presque à tout coup la voracité des poissons, mais il fallait s'avancer dans le fleuve jusqu'à mi-cuisse, short retourné, jambes écartées, dans une position rendue périlleuse par la vitesse du courant et l'inconfort des galets glissants. Cette

pêche rude et laborieuse en plein soleil me lassa
assez vite. Elle convenait davantage à mon père,
amoureux de l'effort et de la difficulté maîtrisée.
Je la lui abandonnai donc, alors que mes progrès à
bicyclette m'offraient peu à peu une indépendance
nouvelle, et la fréquentation des enfants du village,
que je n'avais que frôlés jusque-là.

C'est à Malause, grâce à la bicyclette, que je pus augurer de ce qui serait mon « être dans le monde » – pardon pour ce que l'expression peut avoir de grandiloquent. Je veux parler d'une attirance aiguë pour le contact social et pour la solitude. J'entends bien. Chacun est plus ou moins ainsi, comme on est toujours plus ou moins à la fois loup et chien, cigale et fourmi, chêne et roseau, baba et gâteau sec. Mais il me semble que chez moi ces deux tendances sont poussées à l'extrême.

Le fait d'avoir passé mon enfance et mon adolescence dans des maisons d'école n'y est pas pour rien. J'aimais la vie de l'école, ses mauvais élèves dont je me rapprochais parfois pour ne pas trop être « le fils du dirlo », son effervescence et parfois son ennui, quand l'étude du soir s'attardait, les devoirs finis, jusqu'à six heures. Et puis j'aimais l'école solitaire, les classes vides, la cour désertée.

Mon frère et ma sœur, Jean-Claude et Simone, très proches affectivement, avaient douze et onze ans de plus que moi. Souvent, le jeudi, Simone, étudiante en lettres à la Sorbonne, m'emmenait pour une journée parisienne. Balade le matin, déjeuner dans une petite crêperie rue Grégoire-de-Tours, cinéma l'après-midi – je garde un souvenir très fort de *La Belle et la Bête*, des *Temps modernes*, de *Quai des Orfèvres*, et surtout d'*Alamo*, que j'avais tant vu vanter dans *Le Journal de Tintin* que je ne pouvais réellement concevoir de le découvrir « en vrai ».

Jean-Claude revenait le samedi de sa « prépa » scientifique parisienne, puis de son école d'ingénieurs à Lille. Je ne le lâchais pas d'une semelle, et il acceptait gentiment cet hommage envahissant, qu'il interrompait avec un petit sourire amusé quand il ouvrait la porte des toilettes. « Alors, on ne peut même plus aller pisser tout seul ? »

Tout le reste du temps, j'étais seul le soir dans l'école, et comme le François Seurel du *Grand Meaulnes*, je lisais les livres de prix à l'avance. Je m'imaginais champion olympique en courant autour de la cour dans une clameur muette. Plus tard, j'ai séduit toutes les filles qui me passaient par la tête en déroulant mes premiers arpèges de

guitare assis sur un pupitre, dans la classe de ma
mère. Mais tout cela était en quelque sorte mon
univers imposé, presque subi. À Malause, à bicyclette, j'ai eu tout d'un coup le sentiment de choisir
ma vie.

Vie sociale, avec une compétition cycliste inter-
minable qui m'opposait à six ou sept garçons du
quartier. J'ai oublié le nom de la plupart d'entre
eux, mais je me souviens de Francis Sanchez,
que je croise toujours dans les rues malausaines.
Guyon, le fils du chef de gare, était trop fort pour
nous. Véritable Lance Armstrong de l'époque, il
avait distribué les rôles, afin de ménager les sus-
ceptibilités et les appétits. Nous avions droit à des
sprints de fin de tour avec classement aux points
accumulés, à un prix du meilleur grimpeur négocié
devant la maison de Benjamin Lagente. Il nous
abandonnait ces miettes de gloire en nous faisant
croire qu'elles avaient leur importance. Raffinant
dans le truquage, il allait même jusqu'à disputer
quelques-uns de ces sprints intermédiaires. Quant
au dixième et dernier tour, je ne sais quel reste
d'amour-propre nous poussait à tenter de contrer
un démarrage dont il différait l'efficacité avec une
perversité légèrement condescendante. Le parcours
– une boucle de trois kilomètres qui passait devant
notre maison, empruntait acrobatiquement le virage
étroit devant notre voisin Delsol, tournait ensuite à

gauche à la ferme Delcor, puis montait vers le village avant de replonger derrière l'usine et de se terminer sur la longue ligne droite de la route de la gare – devait se négocier avec prudence, mais les camions étaient rares, et plus encore les voitures particulières. Cette boucle confortait le sentiment d'appartenir à un quartier. Je tournais autour de notre maison, mais ce point de vue extérieur l'inscrivait dans un espace mental différent. La contiguïté avec tous ces concepts variés : Delsol, Delcor, Lepreux, Borderies, Lagente, l'ancrait dans la vie du village et donnait corps à mes racines malausaines.

Vie sociale encore quand je prenais ma bicyclette pour aller jouer au foot sur le terrain communal, sur la route de Brétounel, après la ferme de ma tante Andrée. Guyon ayant déménagé, les courses cyclistes avaient perdu leur sel, et c'est désormais balle au pied que je creusais mon identité villageoise, avec les mêmes garçons et d'autres comme Philippe Villa, copain de mon cousin Jean-Pierre. Nos complicités se limitaient à ces activités communes, vécues dans la fièvre d'une rivalité sportive, mais avec une entente facile. Bien sûr, je restais un peu l'étranger, et, dans les moments de conflit, Pilou me lançait « Parisien tête de chien, parigot, tête de veau », mais ces imprécations restaient l'apanage de mon cousin, et se raréfiaient au fil des ans – j'avais gagné mes galons de transféré intégré.

Si la bicyclette donnait une intensité nouvelle à la vie collective, combien plus fort encore fut son pouvoir pour nourrir mon goût de la solitude. Bientôt, je partis dès le début de l'après-midi, en dépit de toutes les canicules. J'abandonnais le côté de l'eau, le canal, la Garonne, pour entrouvrir l'univers des collines. Quelle ivresse de se retrouver complètement seul, le quartier de Brétounel dépassé, sur la route de Saint-Paul-d'Espis ! Là pour la première fois j'avais rendez-vous avec une part de moi que je ne connaissais pas encore. Le goudron fondu, les longs méandres de la côte de Saint-Paul, l'ombre du bois sec, les champs de blé, de tabac, de maïs, les vignes de chasselas, la silhouette de quelque paysan à béret qui me regardait passer sur le seuil de sa ferme ne me semblaient pas un paysage, mais l'incarnation d'une forme de liberté. Tous les noms de hameaux, de villages, ont gardé ce pouvoir : Piac, Boudou, Valence, Saint-Vincent, Lalande, Goudourville, Saint-Jean-de-Cornac. C'était vraiment de la bicyclette – en l'occurrence un routier Peugeot rouge à double plateau reçu pour mes douze ans –, mais si je mettais un point d'honneur à ne pas tomber en dessous d'une moyenne de vingt kilomètres à l'heure, je ne gravissais les côtes que dans l'espoir d'arriver sur une place de village où je pourrais déguster à l'ombre une menthe à l'eau. Davantage que pour me rappeler la boisson de Garonne, ce choix était dû à la générosité avec laquelle on accompagnait toujours le verre de sirop d'une carafe abondamment remplie. Alors je buvais un premier demi-verre d'un vert profond, encore très liquoreux. Peu à peu, l'eau ajoutée effaçait les volutes lourdes, gagnait en transparence. J'allais presque jusqu'à l'eau pure : je pouvais repartir.

Précieuses ces années où l'on ne juge pas, où l'on ne détache pas encore de soi ce qu'on a sous les yeux. À force de revenir, adulte, dans ce paysage de collines, j'ai appris qu'il était beau, d'une douceur et d'une harmonie tout en demi-teintes dans les blonds, les verts, les bruns pâles, la pierre blanc cassé – plus humaine à mes yeux que la pierre jaune du Périgord, et mieux mariée au moindre départ de vigne vierge, de bignonier ou de glycine. Au fil des ans, j'ai soupesé la qualité de cet univers préservé en l'opposant aux ravages que le béton et la centrale de Golfech ont fait subir au « côté de Garonne ». Mais à douze, treize, quatorze ans, et même longtemps après, je n'oblitérais pas les choses avec ce regard culturel qui mêle des critères dont les adultes aiment à se donner l'illusion que la somme aboutit à un point de vue personnel.

À *Garonne*

J'étais, je devenais la feuille de tabac, le grain du chasselas, le goudron fondu, la menthe à l'eau. J'étais, je devenais le soleil, l'ombre et la chaleur. Parfois, un commentaire du Tour de France me traversait la tête, et je me rapprochais des jeux d'enfance au conditionnel « on aurait dit que je serais Poulidor ». Et quelquefois aussi, j'entr'apercevais une silhouette féminine qui me serrait la gorge, offerte au soleil dans l'enclos d'une maison bourgeoise. Je ne sais plus dans quel film une actrice dit : « Si les hommes savaient, ils seraient jaloux du soleil. » Juste en passant, c'était bien suffisant pour happer ces yeux qui se ferment, ce frémissement de la lèvre inférieure, l'inspiration profonde. Oui, tout cela, deviné parce que ressenti, paradoxalement éprouvé au cœur même de l'effort.

À bicyclette une fuite en avant vers le désir, vers les collines et vers l'été. Tout était devant, tout s'offrait puis s'effaçait. Les villages avaient des maisons de pierre et des maisons de brique rose orangé, des volets gris pâle. Dedans, j'imaginais une fraîcheur ancienne. Souvent, les volets à demi tirés laissaient pénétrer un rai de soleil blond sur un couvre-lit blanc. En passant devant les maisons je tenais tout à la fois, les rites pacifiants des grands-mères et la peau bronzée des filles brunes. Les maisons étaient tout cela, la paix, le trouble, le passé. C'étaient des maisons étrangères qui me donnaient en quelques secondes la volupté de l'après-midi chaude et la mélancolie de vies qui ne seraient jamais les miennes. Et puis je montais l'autre versant de la côte de Saint-Paul, plus âpre et plus pentu. La brûlure au creux de la poitrine était bonne, faite de tous ces ailleurs frôlés, de toutes ces soifs à étancher plus tard, devant. Je revenais chez moi. Ma mère me demandait où j'étais allé, et j'égrenais mon circuit du jour : Saint-Paul, Castelsagrat, Lalande, Goudourville. Elle approuvait de la tête ces noms qui lui rappelaient des souvenirs. En me livrant ainsi, j'éprouvais la délicieuse duplicité de ne me livrer en rien sans rien cacher. Ma solitude à bicyclette préservait dans l'apparence des fontaines et des bastides une possession du monde inassouvie et pourtant si parfaite, comme un accord secret, inentamé.

L A MAISON DE MALAUSE... À cet instant du récit, je ne l'appelle pas encore par le nom qu'elle porte aujourd'hui. Ce nom lui a été donné beaucoup plus tard, et représente surtout ce qu'elle est devenue depuis. La maison de Malause de mon enfance prenait aussi son sens par référence à l'autre maison-racine : la ferme de la Bénèche, où vivaient mes grands-parents paternels. La Bénèche. Un petit hameau tout près de Bioule, non loin de Caussade, capitale du chapeau de paille. J'ai trouvé chez un brocanteur une carte très ancienne du Tarn-et-Garonne (1780). La Bénèche y apparaît sous le nom de la Bénèche de Saint-Pierre de l'Herm. Difficile de ne pas faire le rapport avec mon patronyme, d'autant que mon père disait qu'il avait déjà vu sur des actes anciens le nom Delerm calligraphié avec un *h*. Mais il ajoutait aussitôt que ses grands-parents n'étaient pas natifs de la

Bénèche, mais de Vayssac, à quelques kilomètres de là. Je garde une certaine frustration de ce doute qui n'était pas l'apanage de mon père, et que je sentais partagé par l'ensemble de mes proches. Le jour où je découvris cette carte (je devais avoir trente-cinq ans environ), je fus traversé par un sentiment d'évidence, de révélation. L'idée d'accoler le nom la Bénèche à la mystérieuse expression « de Saint-Pierre de l'Herm » ne pouvait être un hasard. Il ne s'agissait pas à mes yeux de découvrir des lettres de noblesse, mais d'enraciner le nom Delerm dans un terroir austère qui me plaisait par sa rudesse, son éloignement, sa singularité.

Je devais rencontrer le même sentiment de découverte suivie d'incrédulité polie en consultant le dictionnaire étymologique qui répertoriait le nom Delherm ou Delherme comme un vocable typique du Quercy, ayant pour origine le grec *heremos* signifiant terre inculte, terre en friche. Cette idée me ravit, mais elle ne convainquit guère mon père, qui s'obstina à préférer sans grande justification une solution faisant remonter Delerm à « de l'ermitage ». Sans doute ne trouvait-il guère de prestige à cette idée d'une terre en friche. Comment lui expliquer qu'elle avait à mon sens tous les prestiges, au-delà même de sa vraisemblance ? Delherm, terre en friche, cela n'était guère charitable en apparence pour les générations qui nous avaient précédés sur ces arpents. Mais cela pouvait aussi souligner leur mérite d'avoir progressivement adouci des conditions de vie difficiles. Et quant à l'avenir du nom, l'idée d'une terre en friche ouvrait une liberté absolue.

L'idée d'inculture me séduisait, puisqu'à l'époque où je découvrais ces pistes étymologiques j'éprouvais une certaine coquetterie à me considérer comme un écrivain inculte, ce qui n'a guère de sens au fond, mais souligne mon désir de faire confiance à la singularité d'un regard, d'un rapport aux choses dont je me sens porteur, quand par ailleurs je trouve ma culture très lacunaire, ma faculté de raisonnement abstrait limitée. Peu voyageur, mais amoureux de quelques villes, Paris, Bruges, Venise, je fais sursauter les gens en leur disant que je n'y mets que très rarement les pieds dans un musée. Un auteur comme André Dhôtel m'encourage dans cette voie paresseuse en écrivant que, pour lui, découvrir une ville se limite à la déambulation, à l'immobilisation contemplative du temps à la terrasse d'un café.

Delherm. Je découvris trop tard la forme « réelle » de mon nom : j'avais déjà publié plusieurs livres, et changer l'orthographe de mon patronyme « en cours de route » n'aurait guère eu de sens. Mais je me sens Delherm, d'une terre en friche.

À *Garonne*

À l'autre bout du Tarn-et-Garonne, au nord-est de Montauban, la Bénèche était une autre terre, un bout de Quercy âpre, bien loin des blondeurs alanguies de la vallée de la Garonne. Mon père soulignait cette différence en insistant avec un brin d'ostentation sur la précarité de ses origines. « Oh, mais chez toi, c'étaient des bourgeois ! » lançait-il régulièrement à ma mère. Celle-ci haussait les épaules, à demi flattée quand même. Elle commençait par réfuter ce jugement en soulignant les difficultés matérielles que ses parents avaient connues à la ferme de Brétounel et même après. Mais en même temps on sentait bien qu'elle n'était pas mécontente de voir qu'on pouvait trouver « bourgeoise » non pas la condition sociale intrinsèque de son clan, mais une certaine façon d'être, une distinction morale. Ses « Pourquoi dis-tu ça ? » manquaient donc un peu de conviction. C'est elle qui insistait sur la nécessité d'aller à la Bénèche, et mon père approuvait sans jamais prendre les devants. Quand je devins adolescent, l'expédition se faisait en général dans la journée, avec retour tard dans la nuit. Mais je garde un souvenir très fort d'avant, alors qu'enfant j'allais passer quelques jours à la Bénèche. Le trajet – soixante kilomètres environ – était suffisamment long pour se préparer à l'idée de changer de

78

À *Garonne*

monde. Après Montauban, on passait à Nègrepe-
lisse, et ce nom curieux, à la sonorité abrupte, à la
signification obscure, marquait bien l'entrée dans
un nouvel univers. Deux kilomètres après Bioule,
un chemin de terre conduisait jusqu'à la ferme. On
laissait en général l'Aronde à l'orée d'un pré, sous
un prunier. Les prunes écrasées tout autour par le
passage des charrettes étaient le premier contact
avec cette campagne fruste qui ne manquait pas de
charme à mes yeux, avec des bois à l'horizon, un
chemin en pente descendant vers une mare mystérieuse, cernée de buissons.

Dans la cour de la ferme, le long d'une petite
rigole, s'ébrouaient des canards. Un chien de
chasse famélique, attaché à la grange par une
longue chaîne, aboyait sans conviction, tandis
qu'un autre, libre et familier, venait nous accueillir.
Mon grand-père et ma grand-mère s'encadraient
alors sur le seuil de la porte basse. Elle, petite
femme très mince à la silhouette sanglée dans un
tablier de satinette fermière. Cheveux relevés en
chignon, front toujours ridé, l'expression sou-
cieuse, coudes rivés aux hanches, les mains nouées
mais poings demi-fermés, elle semblait rétive, et
comme gênée d'embarrasser si peu que ce fût la
terre de son corps. Tout autre apparaissait mon
grand-père, stature costaude, bien campé sur ses
jambes écartées. Pantalon et veste de velours à

grosses côtes. Moustache broussailleuse, regard à la fois sévère et goguenard, peu expansif dans les premières approches, réservant sa parole pour plus tard, quand il mènerait sans conteste le jeu, assis à la place d'honneur au bout de la longue table.

La famille paternelle vivant à la Bénèche ne se limitait pas à ce couple. Mes grands-parents exerçaient encore des tâches dans la vie de la ferme, conduite des vaches au pré pour mon grand-père, entretien d'un jardin potager pour ma grand-mère, mais c'est la sœur de mon père, Lucie, et son mari Fernand qui avaient en main la conduite des choses. Parmi leurs enfants, Robert et Paulette travaillaient aussi sur l'exploitation. Un cousin aîné, Hubert, avait déjà quitté la maison familiale. Un autre, Denis, était souvent présent, mais devait exercer un autre métier. Tout cela reste assez flou dans mon souvenir, sans doute parce que mon regard d'enfant était plus sensible à la présence des êtres qu'à la répartition des tâches, mais également à cause de la confusion créée par la présence sous le même toit de trois générations vivant de la même source. À la fin des années cinquante, au début des années soixante, il s'agissait bien de la fin d'un monde. Tout n'y allait pas de soi, même si la hiérarchie officielle réservait une sorte de présidence d'honneur à mon grand-père. Quand nous passions à table, c'est lui qui accordait à tous le droit de commencer à manger en sortant de sa poche un Opinel qu'il ouvrait avec une majesté très protocolaire. Ma grand-mère eût probablement souhaité un bénédicité, mais les convictions religieuses du grand-père étaient plus limitées que les siennes – il se contentait d'un rôle avantageux de chantre à la messe dominicale. Les hommes, et même les enfants mâles en haut de table, les femmes en bas. Lucie et ma grand-mère ne s'asseyaient pas de tout le repas. Quelle que soit la température, le déjeuner commençait par une soupe. Ensuite, la plupart des hommes « faisaient chabrot », versant dans l'assiette encore grasse un peu de vin qui devait s'attiédir en emportant les derniers brins de vermicelle – quelques-uns restaient prisonniers dans la moustache frisottée de mon grand-père. Sans doute mis de bonne humeur par ce préambule, ce dernier se lançait à voix forte dans l'évocation de souvenirs anciens – il avait fait son service militaire dans la cavalerie.

Passablement dur d'oreille, le pépé Delerm ne favorisait pas l'instauration d'un dialogue. Sa péroraison était d'abord accueillie avec le silence dû à son rang. Puis la qualité de l'attention se délitait peu à peu. Des regards conciliants – ça lui fait plaisir, il aime bien parler de son temps – rencontraient d'autres regards légèrement moqueurs – quand il est parti comme ça, il y en a pour une heure. Bientôt, les nécessités du service, le passage des plats, les changements d'assiettes installaient une confusion néfaste à une écoute prolongée. D'autres ébauches de conversation naissaient, plus en rapport avec la vie contemporaine. Placés juste à côté du patriarche, mon père et l'oncle Fernand ne pouvaient y participer dans un premier temps. Dire qu'ils restaient suspendus aux lèvres de mon grand-père serait abusif : ils se contentaient d'entretenir un petit espace de silence décent où la rhétorique militaire cavalière continuait à s'épancher, au moins jusqu'à l'arrivée de la poule farcie. Là, l'opulence des mets servis – après la soupe, le foie gras était passé sur la table sans ambages, banalisé par une couronne de tranches de saucisson – focalisait tout à coup les regards et les commentaires. Bien sûr, c'est à un repas de fête que nous étions conviés. Mais le menu en paraissait si évident, si récurrent que j'avais du mal à penser qu'il ne s'agissait pas là de l'ordinaire de la Bénèche. En même temps, la rusticité de la pierre d'évier située tout près de la table et qui se déversait directement dans la cour de la ferme donnait à ces agapes un caractère improbable. Basse de plafond, faiblement éclairée par de minuscules fenêtres, la salle obscure semblait d'un autre temps. Le plaisir et l'austérité s'y mêlaient de manière irréelle.

Avec le foie gras, la poule exquisement fourrée

de jaune d'œuf, de mie de pain, de persil, de foies de volaille hachés, le confit de canard, le déjeuner prenait des proportions gargantuesques, curieusement allégées par la consommation d'une petite piquette plus que légère, mais dont mon oncle était très fier car elle était issue de sa vigne. Je n'ai retrouvé semblable festin campagnard que chez ma tante Andrée, à Malause, le jour du « dépiquage », pour le repas de moisson. Ce mot de dépiquage revenait souvent aussi dans les propos échangés autour de la table de la Bénèche. L'été semblait s'articuler autour de cette idée de moisson – avant, l'inquiétude, après, le soulagement. Mais si mon père était convié chez ma tante Andrée pour aider à la tâche – on admirait toujours la force étonnante avec laquelle il maniait les sacs de cinquante kilos –, il n'y participait plus « chez lui », n'envisageant pas d'y venir seul ni d'y embarrasser avec toute sa famille.

On regrettait le temps où la moisson durait plusieurs jours, où l'on mettait à contribution tous les fermiers des alentours, à qui l'on rendrait la pareille dans des journées de gros travail qui devenait aussi comme une longue fête. On aurait bien étonné tous les commensaux en leur disant que trente années plus tard le dépiquage s'effectuerait en deux heures, et ne justifierait même plus la tradition d'un repas spécifique.

À *Garonne*

Même si elle n'avait pas encore pris de telles proportions, la modernisation de l'agriculture était à la table de la Bénèche un sujet à la fois incontournable et redouté. On y faisait allusion par petites touches, car la mécanisation, l'utilisation des tracteurs, l'avènement de la moissonneuse-batteuse-lieuse opposaient bien sûr mon grand-père à l'oncle Fernand, et plus encore à ses enfants. Quadrature du cercle que de devoir se supporter, trois générations confondues, dans un espace et des intérêts de production communs, avec les soubresauts d'une révolution technologique qui séduisait les uns et révoltait les autres.

Mon père avait échappé à ce monde. Symbolique d'une époque, et de la fin d'une époque, son destin s'était joué à peu de chose. Enfant, Adrien Delerm parlait le patois languedocien chez lui, mais le curé du hameau et son institutrice avaient vite décelé en lui une vivacité d'esprit particulière. Dès lors leurs efforts, conjugués pour le faire échapper à la condition paysanne, et divergents quant aux suites de cette émancipation, avaient bientôt pris la forme d'une rivalité intense. Ma grand-mère, investie d'une foi inébranlable – elle ne m'interrogeait jamais sur mes résultats scolaires, mais s'inquiétait de mon classement au catéchisme –, aurait connu un grand bonheur si mon père avait accepté de se destiner à la prêtrise.

Mais mon grand-père, plus ouvert sur le monde, moins fervent chrétien, et peut-être sensible au charme et à la conviction de cette jeune institutrice qui pensait que le salut d'Adrien passait par l'école normale d'instituteurs, tendait une oreille plus favorable à l'avenir pédagogique de son fils.

En même temps, pour l'un comme pour l'autre, la perspective de voir leur fils abandonner la ferme ne devait pas être si simple. La pression morale exercée par le prêtre et l'institutrice se fit plus forte. Je revois mon père raconter la scène qui opposa ses parents, sans doute à la fin de l'été 1925 ou 1926. Ils étaient dans leur chambre. L'oreille collée à la cloison, mon père les entendait argumenter. C'est tout le sens de sa vie future qui était en jeu, et se tramait en dehors de lui. Je ne sais pas s'il put trouver le sommeil. Au petit matin, son père vint lui dire que la voiture à cheval était prête, et qu'il l'emmenait à Montauban. L'école laïque avait gagné.

Ma grand-mère n'accepta jamais cette décision au fond d'elle-même. Elle avait eu quatre années après la naissance d'Adrien un autre fils, Lucien, garçon très fin, discret, à la santé délicate. Enrôlé pour son service militaire à Montpellier, il y essuya un coup de froid que ses supérieurs prirent à la légère, et qui dégénéra en pleurésie. Il en mourut quelques jours après. Dès lors, ma grand-mère de la Bénèche ne parla plus qu'à peine, partant sans cesse se réfugier dans la solitude des champs, où elle ne devait converser qu'avec le Dieu de sa foi. Ma mère l'entendit dire un jour : « Je n'ai pas donné mon fils à Dieu. Il m'en a pris un autre. »

Quand nous allions à la Bénèche, quelquefois, on sortait la longue table dans la cour de la ferme, le soir. On mangeait tard. Une seule petite lampe allumée devant la cuisine faisait la nuit toute bleue. Les canards vadrouillaient à nos pieds dans l'ombre et les étoiles s'allumaient. On y voyait très mal, on se sentait très bien, les coudes se touchaient dans la fraîcheur qui commençait à peine. J'ai au fond de moi quelques images de bonheur. Celle-là garde une ampleur particulière, avec l'immensité des champs silencieux tout autour, les voix chantantes qui prenaient avec le soir une tonalité plus grave, plus sereine, ce petit cercle de lumière qui nous resserrait, dans une île oubliée en plein milieu des terres, à la Bénèche de Saint-Pierre de l'Herm.

D'AUTRES bonheurs m'attendaient à Malause quand j'y revenais. Davantage que cette évolution sociale éprouvée par mon père, j'y ressentais une douceur qui s'attachait à la fois au paysage et au rythme de vie, à la facilité des rapports humains. Quelle est la part de la Garonne, quelle est la part de ma grand-mère dans ce sentiment composite ?

Quand je passe à côté d'un jardin ouvrier, au bout des alignements de poireaux ou de tomates, j'aime y voir un petit coin de fleurs à couper. Ce sont souvent de grands glaïeuls, ou des dahlias. Au cœur de l'utilité maraîchère, ce petit coin pour la beauté, le plaisir pur. Les fleurs à couper des jardins ouvriers me font penser à ma grand-mère. La vie avait été dure pour elle, elle avait élevé six enfants, effectuait toutes les tâches. Mais devant la maison, elle avait son petit jardin de fleurs. Des roses, sûrement, des dahlias, des cosmos sans doute. Mais celles qui me plaisaient vraiment étaient les ipomées. Une ipomée n'est après tout rien d'autre qu'une fleur de liseron en couleurs. Dans tous les bleus, les mauves, les mauves et les bleus veinés de blanc. L'ipomée ne se cueille pas. Elle s'enroule au grillage, où sa tige tire-bouchonnée semble disparaître. Il ne reste que des corolles éclatées çà et là, comme un feu d'artifice de plein jour.

Ma grand-mère aimait ses fleurs. Coquette jusqu'à l'extrême fin de sa vie, elle disait : « Quand on est jeune on se fait beau pour plaire, et quand on est vieux pour ne pas déplaire. » En terminale, M. Gaucheron, mon prof de philo, nous interrogeait : « Qu'est-ce qu'elle disait, ma grand-mère ? » suggérant à propos de telle ou telle notion la parole de la doxa, ou simplement le bon sens. Je trouvais toujours cette question un peu méprisante, précisément parce que j'avais la tête pleine de ces formules « que disait ma grand-mère », parmi lesquelles figure en bonne place cet adage qui vaut bien quelques cours de philo : « Il faut penser tout ce qu'on dit, et ne pas dire tout ce qu'on pense. » Dans le genre lapidaire, à propos des enfants, je garde aussi cette sentence : « Ceux qui n'en ont pas en veulent. » Mais la résurgence la plus inattendue de l'esprit de ma grand-mère, je ne la découvrirais que des années plus tard, en entendant les expressions patoises dont Pierre Albaladejo émaillait ses commentaires rugbystiques à la télévision.

Malause, c'était aussi tout un voisinage. Derrière chez nous, mitoyenne mais nous tournant le dos, la maison des Delsol. Leur fils René y habite toujours avec sa femme, Maryse. Les parents de René connaissaient mon amour des concombres, et me gratifiaient souvent de cucurbitacées qui n'étaient que des cornichons géants, au goût plutôt acide, mais délicieux après passage dans le vinaigre de vin et le gros sel. Côté pile, la maison de Toto et Yvette. Toto. René Longueboute, mais pour tout le monde dans le village : Toto. Une silhouette trapue, un visage buriné de vieux marin, avec des yeux assez bleus pour faire pleuvoir sur la rade de Brest. Mais ses voyages au long cours s'étaient limités à l'entretien des chemins vicinaux et des fossés. Cantonnier. Marin poussé par un vent calme, selon certains, mais il faut se méfier des mauvaises langues. Par ailleurs un sourire éblouissant, le visage illuminé dès qu'il apercevait un enfant. La réciproque était vraie. Un formidable pouvoir de sympathie habitait cet homme. Son « Et adieu ! » n'était pas une formule de politesse, mais un préambule chaleureux qui ouvrait son visage à deux battants, comme eût dit Jules Renard.

À *Garonne*

Un de ses grands moments était le concours de pêche, le lundi de la fête. Concurrent si l'on veut, car il était hors concours, mais pas dans la catégorie des plus grands preneurs de poissons. Le spectacle proposé par Toto était autrement jubilatoire. Répéter toutes les formules avec lesquelles il amusait la galerie serait vain. Il y manquerait cette rondeur dans la faconde qui fait la différence. La phrase la plus banale lancée par Toto faisait s'esclaffer autour de lui un aréopage conquis d'avance. Il faut dire qu'il savait tirer le meilleur parti de tous les accrochages plus ou moins volontaires de sa ligne dans les racines, et de l'expression rituelle « Contrôleur, un poisson ! » qui devait suivre toute prise pour homologation. Avec lui, la phrase était déclinée sous les formes les plus diverses, car il n'attrapait pas que des poissons, mais tout ce qui traînait au bord du canal, et savait à merveille faire semblant de fulminer pour le plus grand plaisir de son public.

La force comique est un don à la fois simple et mystérieux. Le rythme compte beaucoup, cette façon de faire tomber les mots à la fraction de seconde où ils produiront tout leur effet. Mais il y a aussi une composante plus essentielle, une empathie secrète avec la personnalité de l'amuseur. Pour Toto, les rires du concours de pêche étaient une forme d'affection pudique, qu'on pouvait lui témoigner là parce qu'il endossait son costume de clown et, dos tourné au public, s'avançait dans la lumière de ce spectacle à contre-jour, entre les branches des platanes. Tous les petits-enfants qu'il n'aurait jamais pouvaient ainsi lui témoigner la tendresse que suscitait la générosité de ce virtuel et parfait grand-père.

Pas de petits-enfants. Pas d'enfants. Pourtant, le couple Toto-Yvette semblait fait pour cela. Ils avaient dû être très beaux. Même longtemps après la retraite de René, cela semblait d'évidence. Yvette avait des traits fins, un port de tête à la fois naturel et distingué, de jolies coiffures, les cheveux impeccablement blancs, ces petits tabliers à fleurs – dans des tons mordorés, souvent –, ces petits chemisiers sages mais parfaitement soignés, repassés, qui permettent aux femmes de son style d'échapper d'autant plus à leur catégorie sociale que rien dans leur tenue ne semble par ailleurs s'en éloigner.

Le voisinage avec Toto et Yvette ne sombrait pas dans la familiarité – dans les formules de ma grand-mère, je dois faire un sort à celle-ci : « La familiarité engendre le mépris. » Pas de repas partagés. On invite assez peu je trouve dans le Midi, où la convivialité se joue ailleurs, et de préférence dehors. Mais Yvette venait étendre son linge sur « notre » fil. Elle n'avait pas besoin de franchir le portail pour cela, la limite entre les deux terrains restant très symbolique. Je crois qu'il y eut un grillage à la fin de mon enfance seulement. Mais, comme pour regretter le temps où il n'y avait rien du tout, les pastèques plantées un jour par René vinrent s'épanouir de notre côté. Yvette faisait des chapeaux pour une modiste de Valence-d'Agen et pour les gens du village. Un beau désordre recouvrait sa table de jardin sortie sous le mûrier, avec des magazines féminins, une façon d'être moins rigoureuse que chez moi, et que je trouvais désirable. Toto et Yvette s'entendaient très bien. Ils n'avaient pas d'enfants. Je n'y pensais jamais alors ; et aujourd'hui je ne peux m'empêcher de poser ce filtre mélancolique sur toutes les images de leur vie qui me reviennent.

Une autre présence amie se méritait au bout d'un rituel vespéral : aller chercher le lait chez les Forno. Il fallait bien sûr se munir de la boîte à lait métallique dont le bringuebalement faisait la musique du chemin. La maison des Delsol, celle des Rédoulès, des Castagné : au bout de ces étapes familières se dressait la ferme d'Albert et Orseline Forno. Orseline est toujours vivante, et je ne sais pas pourquoi je ne vais plus la voir, c'est minable de ma part, cela nous ferait tellement plaisir à tous les deux. Mais j'ai ainsi de ces paresses affectives que je ne saurais justifier, et qui sont un peu plus graves que la paresse tout court.

Chez les Forno, on allait chercher autre chose que le lait. La porte d'entrée était toujours ouverte. On faisait froufrouter les lanières en plastique, et on se retrouvait dans une pièce très sombre, où Orseline maniait la louche avec une précision homéopathique. D'origine italienne comme son mari Albert, elle parlait un français un peu approximatif – les « il », notamment, remplaçaient les « elle » –, mais la chaleur et la gentillesse de ses propos n'avaient rien d'approximatif. De constitution plutôt rebondie, les cheveux noués dans un foulard, elle levait sur vous un regard d'une bonhomie réconfortante et les paroles les plus banales sur la santé de tous éveillaient des ondes palpables de bienveillance.

Attiré par un registre vocal qui lui semblait familier, Albert Forno s'approchait. C'était un paysan aristocrate. Toujours un petit mouchoir blanc autour du cou. Il cultivait quelques champs, mais sa passion allait aux chevaux. Son œil très clair se faisait vite humide quand il en parlait. Il achetait aux quatre coins du département des bêtes en mauvais état qu'il avait tôt fait de remettre sur jambes. S'en séparer en les revendant ensuite constituait la source essentielle de ses revenus, mais c'était à chaque fois un crève-cœur qui rendait ses transactions mélancoliques. Il fallait le voir grimper sur son sulky et faire le « tour des deux ponts » autour du canal, le dos parfaitement droit, sourire aux lèvres. Souvent il m'emmenait à l'écurie me montrer ses amours du moment. Il me savait fasciné par un fouet d'apparat bariolé, empanaché, qu'il décrochait pour me le faire essayer – pas sur les bêtes, on l'aura deviné.

Avec Orseline et Albert Forno, peu importe ce qu'on se disait. L'essentiel était ailleurs, dans le bien-être palpable qui s'installait en dessous comme une évidence.

Cette sensation éprouvée auprès des Forno, je l'ai goûtée plus à loisir encore avec mon oncle Pierre. Il habitait – il habite toujours – une maison située juste en dessous de la ferme des Forno, le long de la Nationale 113. Une maison devenue trop grande pour lui depuis que ses enfants sont partis, depuis surtout que sa femme Jeannette est morte. Il a subi d'autres coups du sort, mort si précoce d'un petit-fils, d'une belle-fille. Son œil pétille encore quand il délivre une de ces blagues à froid dont il a le secret, mais la lumière se coupe aussitôt, comme si quelque chose dans la combustion faisait barrage, empêchait l'étincelle de prendre feu.

Pourtant, d'une autre manière que Toto – moins spectaculaire, moins délibérée –, comme il a su lui aussi se rendre populaire ! Se promener à ses côtés dans un endroit public – le marché de Valence-d'Agen, la fête à Malause, une place à Moissac – c'était, dans les années soixante/soixante-dix, se résoudre à entendre fuser de toutes parts des « Pierrot ! » sonores, qui ne laissaient pas de doute quant au plaisir que les autres trouvaient à le croiser. Étrange pouvoir. Car l'échange social avec ledit Pierrot n'était pas tout miel tout sucre, en dépit du ton débonnaire affiché. Après un premier contact facile, où il accueillait l'autre avec une plaisanterie en général ironique et d'une originalité qui donnait peu de chance à une repartie décente, Pierrot laissait son interlocuteur devant une embarrassante alternative : tenter de rétorquer sur le mode badin, comme la plupart s'y risquaient cependant, c'était reconnaître son infériorité ; et répondre sérieusement, c'était avouer soit que l'on n'avait pas compris, soit que l'on était incapable de garder le registre. Mais copiner quelques instants avec Pierrot – en apparence seulement ; comme sa mère, il détestait la familiarité – valait ce risque.

Car Pierrot est de ceux que l'on est fier de rencontrer, ceux qui ont quelque chose en plus, une façon bien à eux d'habiter la terre. Son parcours professionnel – je crois qu'il a travaillé un temps avec le pépé Coulaty, puis plus longtemps comme boulanger avec son beau-père, et tout le reste de sa carrière à la Targa, à Moissac, où l'on travaillait le caoutchouc – n'a rien d'une success story. Mais il fait partie de ces gens que leur finesse place au-dessus de l'ambition.

Dans ce refus du combat social entre aussi une bonne part de sauvagerie, d'amour forcené de la solitude. Chasseur, pour promener ses chiens, et cueillir dans une vigne au petit matin une grappe de chasselas couverte de rosée. Je ne l'ai jamais entendu par ailleurs évoquer la moindre prise. Pêcheur, avec ses chiens encore, des épagneuls bretons, pour rester fidèle à un Dick de la race susdite, célèbre dans tout le village pour son intelligence, et que j'ai eu la chance de côtoyer, à la fin des années cinquante. Ma grand-mère lui disait parfois, sans élever la voix, quand il venait montrer le bout de son museau chez nous :

— Non, Dick, pas maintenant. Je ne te veux pas, je n'ai pas le temps.

Et Dick faisait demi-tour aussitôt, avec un regard d'une docilité à fendre l'âme.

L'oncle Pierre a fait le tour du monde, cuistot sur un bateau pendant la guerre et son service militaire. Il a fait le tour de la question, et puis est revenu « plein d'usage et raison vivre entre ses parents le reste de son âge ». Depuis, les marches dans la colline lui ont suffi, et de longues rêveries près du canal. Pour ces deux alibis de solitude, il aime donc la chasse et la pêche. La tradition beaucoup moins, car son esprit réfractaire aime à railler les paysans, et surtout les gendarmes et policiers de tous poils.

À treize, quatorze, quinze ans, l'amitié de Pierrot m'était précieuse, et je l'avais. Je sentais que le droit m'était octroyé de venir m'asseoir en tailleur non loin de lui au bord du canal, près de sa 2 CV antique dont le compteur avait trois fois fait le tour. Je lançais quelques phrases, souvent à propos du foot ou du rugby. Juste de quoi gagner le droit de se taire ensuite, près de ses lignes qui ne bougeaient guère. C'était fragile et facile à la fois. Comme un lien délicat. L'amitié du silence.

PREMIER dimanche après la Sainte-Marthe. Alors, dernier dimanche de juillet, ou premier d'août : autour de cette date s'articulaient les trois jours de la fête votive. Quatre ! a surenchéri le comité des fêtes en amorçant les hostilités dès le vendredi soir. Il en est des fêtes communales comme du goût des fraises, de la chaleur ou du froid : c'était plus fort avant.

Ah ! oui, bien sûr, c'était plus fort avant, quand à quinze ans les soirs de bal m'inventaient la mélancolie. Voilà. On est enfant, on rêve de pompon dans les tours de manège. On a sept ans, on voudrait gagner la course à l'œuf, une cuillère dans la bouche, mais on finit en pleurs dans les bras de sa sœur. On a huit ans, on abat des figurines d'animaux en carton renforcé avec une carabine à flèches, c'est presque trop facile, on gagne à tous les coups. Deux ans après, au vrai stand de tir pour les grands, ça se corse. Une seule balle pour descendre le petit cylindre blanc où s'attache la photo de Johnny curieusement empanachée d'une plume orangée ou bleu pétrole. Le pire c'est qu'on n'aime pas Johnny, mais le mouvement de ses cheveux gominés, son déhanchement dans sa chemise à jabot, guitare électrique aux hanches, incarnent une esthétique de la fête sans doute méprisable mais qu'on ne peut s'empêcher de trouver terriblement tentante.

Il en est souvent ainsi de mes goûts de l'époque. Mine de rien, j'entends tomber les jugements, les propos ironiques de mon frère et de ma sœur. Simone et Jean-Claude disent ce que je sens être la vérité, mais mon désir se nourrit aussi de transgression, d'une échappée. À douze ans, c'est l'effrayant et délicieux vertige des auto-tamponneuses. Ah ! ces courses sur le sol caoutchouteux entre deux tours, en quête d'une voiture libre, ce stress au moment d'insérer le jeton de plastique dans la fente ouverte sur le capot – il ne veut jamais entrer. Ah ! cette angoisse quand le volant ne répond pas, qu'il faut le tourner follement pour s'ébranler enfin et si petitement, en recevant la charge agressive d'un autre véhicule déjà lancé à pleine vitesse.

Après, on va s'asseoir au café de plein air, en

bout de piste. C'est l'endroit où les familles se rassemblent, autour d'un Orangina, le regard rivé sur la piste de danse. On embrasse les tontons, les tatas, les cousins, les cousines. Après quelques louables efforts pour ébaucher une entame de dialogue, on finit par convenir que la sono est plus forte encore que l'année précédente, et l'on se tait. Des bouffées d'accordéon martèlent les accents de la marche, du paso doble. Les choses se ressemblent, on attend le feu d'artifice.

Les choses se ressemblent, mais un jour tout à coup l'accordéon me fait mal. Des filles en robes claires tournent sur la piste, ou s'assoient en groupes sur le muret près de la Nationale. Je suis amoureux. De toutes les filles. Lointaines et si proches, elles semblent se jouer de moi. Englué contre la petite table ronde, englué dans un peu d'Orangina collant renversé sur la table, englué dans un cercle familial où pour rien au monde je ne laisserais transparaître cette sensation pas tout à fait nouvelle, mais qui prend avec la dramaturgie de la fête une intensité insoutenable.

Car tout est fait pour ça, ici. Bien sûr, quelques couples entre deux âges se trémoussent avec un entrain ironique, au deuxième degré ; bien sûr quelques autres rappellent qu'ils ont gardé la silhouette et la technique de la valse ; bien sûr, il y a toujours deux filles qui dansent ensemble, avec un air résigné, concentré. Mais l'essentiel est ailleurs. Même les manèges pour les enfants, même la course cycliste et le concours de pêche du lundi ne sont là que pour cautionner ces heures centrales du bal. Là est le nerf de la guerre : que les garçons rencontrent des filles, les filles des garçons. Ma mère déplore le temps où l'orchestre de Popaul Francazal, de Castelsarrasin, installait une atmosphère presque familiale sur le podium et sur la piste. Popaul connaissait la plupart des danseurs, et les interpellait avec des commentaires réjouissants. Elle évoque cette époque où les filles allaient au bal pieds nus, les chaussures à la main. Et les mères venaient toutes s'asseoir sur le muret, gentiment tutélaires soit, et peut-être aussi pesamment castratrices. Mais on imagine bien. Le bal de la fête était l'occasion de la rencontre, autour d'une activité moitié gymnique, moitié sentimentale. À l'écouter évoquer ces souvenirs, aucune dimension sexuelle dans ce cérémonial. On n'en parle pas.

On en parle un peu davantage dans ces années soixante où la mélancolie vient me clouer à la table de café sous la forme ironique et vigoureuse du paso doble. Dans les numéros de *Elle*, à défaut de *Paris Match* ou de *L'Express* que je feuillette chez moi, la réclame pour les collants Mitoufle, les jambes de Claudia Cardinale entr'aperçues sous les frou-frous de sa jupe pour le tournage de *Cartouche* me procurent un émoi contemporain, moins languide que celui proposé par les pages glacées bistre du dictionnaire Larousse, où sont reproduites en lascives postures orientales les femmes nues d'Ingres ou de David. Cela dit sans négliger, en ce qui concerne le dictionnaire Larousse, le contraste délicieux entre le sérieux du contenant et la perversité de la quête. Mais rien à voir avec la libération fin-de-siècle.

La fête de Malause est une bonne métaphore de cette évolution. Peu à peu, les quatre soirées de bal vont prendre une spécificité. On gardera pour le lundi soir les charmes surannés du balapapa, avec formation adéquate pour nostalgiques de la danse de salon. Le samedi et le dimanche verront évoluer un orchestre pour les jeunes, au niveau sonore plus élevé. Dans les années soixante-dix et quatre-vingt, le fin du fin sera de reproduire les tubes à la mode – car ce sont des années à tube d'été, de Joe Dassin à Dave ou C. Jérôme. Ensuite le tchakaboum prendra l'ascendant.

Mais en 1965, le bal de la fête joue encore une carte composite. La scission entre les jeunes et les vieux n'est pas explicitement reconnue. Dans cette cérémonie officielle du flirt jugulé, peu de gens sont à leur place, en fait. Et moi moins que personne, moi qui ne saurai jamais danser et qui le sens déjà, pourquoi ? Peut-être un certain embarras de mon corps peu souple ? Mais surtout l'horreur d'extérioriser, de répandre au regard des autres ce qui fait l'essence et l'obsession de mon devenir adolescent : être amoureux. Je ne suis qu'amoureux, aux creux de mes insuffisances natatoires, dans mes envolées cyclistes, et plus encore quand la bouteille d'Orangina inerte résiste aux tourbillons du paso doble, et qu'il faut rester silencieux dans le vacarme, déchiré de désir et si pataud dans l'immobilité. Mais c'est si fort, si bon, si triste. Les filles tournent et je ne bouge pas.

À LA MORT de mon grand-père Coulaty, au début des années soixante, un arrangement familial eut lieu. J'entendais mes parents en évoquer les modalités sans tout comprendre, mais la solennité de leur ton soulignait l'importance de l'enjeu. Les cinq frères et sœurs de ma mère se partagèrent la ferme de Brétounel, qu'ils mirent en vente. Ma mère reçut quant à elle la maison de Malause, avec la charge de s'occuper de ma grand-mère. Mes parents donnèrent de plus une petite somme d'argent à chacun de mes oncles et tantes.

Rien ne changeait en apparence. Ma grand-mère était toujours là, Malause demeurait la maison des vacances, mes parents devaient exercer leur métier d'instituteur encore quelques années. En fait, la donne était bouleversée. Malause ne serait plus l'exotique retour aux racines que j'avais connu, mais la maison de mes parents, celle où ils vivraient leur retraite. Leur première maison, puisqu'ils n'avaient connu jusque-là que des logements de fonction, de styles très variés, petite maison à Chaponval, très bel appartement à Louveciennes, beaucoup plus exigu à Sèvres et Saint-Germain-en-Laye, à nouveau très confortable au Pecq. La variété de ces résidences soulignait aussi notre dépendance vis-à-vis de l'institution scolaire, dont nous n'étions que les invités. À Malause, avec la propriété de la maison, un autre rapport au monde s'installait. D'abord, mes parents renonçaient explicitement à l'Île-de-France, où ils avaient fait « toute leur carrière », et accessoirement vécu l'essentiel de leur vie. Était-ce un bon choix ? Je ne crois pas que pour eux la question se soit posée en ces termes. L'attachement aux racines méridionales n'était pas un argument, mais un sentiment inexpugnable. Pourtant, par comparaison avec d'autres collègues exilés au Nord, ils ne manifestaient guère leur mal du pays, quand ils vivaient à Auvers-sur-Oise ou Louveciennes. Je ne les ai jamais entendus dire que la vie aurait été meilleure au Sud, avec davantage de soleil, un art de vivre différent. Instituteurs toujours appréciés, respectés, souvent aimés, ils s'étaient fait en Île-de-France de nombreux amis, dans une vie qui leur ressemblait, puisqu'ils en inventaient la route neuve. Dans les banlieues ou les villages chics de l'Ouest parisien,

ils avaient connu la satisfaction d'inscrire durablement dans la mémoire d'une population générale-
ment évoluée – et parfois même brillante sur les
plans artistique ou scientifique – leur simplicité
sublimée par une foi profonde en leur métier, et
quelque chose de plus impalpable, ce que Zola
analyse si justement quand il parle, à propos de
l'histoire d'une famille, d'un moment particulier,
avec une subtile trivialité : la cervelle et le sang
mêlés dans la dynamique d'un élan.

Alors, pourquoi renoncer aux amis, à la rencontre chaleureuse avec des anciens élèves, à la
beauté poignante de l'automne dans les parcs de
Marly ou de Versailles ? Raison financière en
partie. Mes parents n'avaient pas la possibilité
d'acquérir dans les banlieues de leur existence professionnelle une maison digne de ce nom. Vivre en
appartement, pour mon père, si actif au jardin
comme en tout bricolage, eût été un supplice. Mais
un motif beaucoup moins égoïste guidait leur
choix. À Malause, en agrandissant la maison, ils
pouvaient caresser le rêve de jeter les bases d'un
havre familial. Jean-Claude vivait déjà en Alsace,
avec sa femme Christine. Leur premier enfant,
Emmanuel, naquit en 1965. Olivier suivrait en
mai 1968. Simone, après avoir enseigné à Quim-
perlé, exerçait à Beaugency. J'étais encore au

lycée. Comme dans beaucoup de familles, un éclatement géographique se dessinait, qui ne remettait
pas en cause l'idée de cercle ni celle de fratrie,
mais risquait de rendre plus difficiles les moments
de vie passés tous ensemble.

Davantage qu'une maison, Malause devint alors
une idée, tout au long des années soixante. Comme
Jean-Claude, Simone et moi aurions sans doute un
jour un compagnon, une compagne, des enfants.

Vint le projet de remonter toute la maison d'un
étage. Les renseignements furent pris auprès d'un
architecte pas tout à fait comme les autres. Cousin
germain de ma mère, Janot Courbières était pour
elle comme un petit frère, dont elle était aussi la
marraine. Quand elle avait dû quitter Brétounel
pour aller suivre les cours de l'école primaire supérieure de Castelsarrasin, c'est sa tante Marie et son
mari Jean qui avaient été sa famille d'accueil.
Tante Marie, dite pour nous « Tata de Castel », et
son fils unique Janot restent des figures embléma-
tiques de la famille.

Quand j'étais enfant, tout le monde à la maison
parlait de « Tata de Castel » avec une espèce de
vénération affectueuse.

Tout cela avait un sens dans la chronique familiale. Élever une maison, c'est la bouleverser bien
sûr, mais c'est aussi le contraire de la détruire. Les
aristocrates possèdent souvent un grand château

aux pièces vides, à l'espace inchauffable, à la
toiture transpercée. Ils possèdent aussi, de façon
beaucoup plus sûre, la symétrie des branches d'un
arbre généalogique enraciné dans un recoin de leur
tête. Tout en devient pour eux plus libre et plus
léger. Le petit rameau qu'ils représentent se perd
dans l'opulence d'un feuillage compact où tous les
accidents du destin deviennent anecdotiques. Le
passé, la tradition n'enchaînent pas. Ils libèrent, en
diminuant l'enjeu des incartades, des accidents,
des comportements et des regards singuliers. Les
vrais traditionalistes sont ceux qui viennent d'une
tradition naissante, balbutiante.

Mes parents ne construisaient pas un château.
La maison telle qu'elle se présente aujourd'hui est
agréable, joliment fleurie, fonctionnelle, mais sans
vrai cachet. Elle n'a pas ces gauchissements, ces
escaliers inutiles, ces recoins oubliés que les
maisons bourgeoises s'inventent en quelques générations d'opulence et d'abandon. Elle reste la
demeure d'un passé récent – une seule génération – et d'un présent immédiat : la vie qui s'an-
nonçait telle qu'elle semblait possible à vivre.
Mais elle n'est pas pour autant banale ni vulgaire.
Mes parents ne l'ont pas aménagée aux mesures
de leur vie de couple à la retraite, mais avec une
générosité autoritaire et confiante. Elle serait la

maison des vacances, celle de leurs enfants, de leurs petits-enfants. Elle serait un rempart contre l'éclatement géographique et la dissolution affective. À condition d'avoir des enfants, des petits-enfants qui souhaitent passer une grande partie de leurs vacances à Malause. À condition surtout que ces enfants vivent avec des compagnons, des compagnes pour qui Malause ne serait rien, et qui accepteraient quand même d'y passer une grande partie de leurs vacances.

En écrivant ces mots, j'ai bien conscience d'être le simple maillon d'une chaîne sociologique. Je profite de l'occasion qui m'est donnée – écrire un livre sur le rapport privilégié entre un écrivain et une maison – pour dire un moment particulier de l'histoire de la famille, quelque part entre la vie rurale et les décalages horaires des vols long-courriers banalisés.

La maison de Malause, c'était un peu comme le piano. Acheter un Gaveau droit de bonne qualité avait été, au début des années cinquante, une étape importante dans l'accession à la petite bourgeoisie. Certes, il s'agissait d'un sacrifice, d'un effort financier important. L'exigence exercée sur nous, les enfants, n'en était que plus explicite. Heureusement, Jean-Claude avait manifesté rapidement un goût réel pour l'instrument. Ah ! ces dimanches matin où j'étais réveillé par les digressions jazzistiques qu'il faisait subir aux morceaux classiques ! Simone se débrouillait très convenablement.

Quant à moi, j'arrivai beaucoup plus tard devant le clavier. Simone et Jean-Claude ne venaient plus qu'en fin de semaine, puis partirent mener leur vie d'adulte. D'un naturel plutôt oisif, je ne « travaillais guère mon piano », suivant l'expression consacrée. Parfois juste une demi-heure avant la leçon, donnée d'abord par une Mlle Langevin redoutable qui me tapait sur les doigts avec un crayon « faux, faux, archifaux ! », puis par une Mme Chesnais-Tzipine, ex-virtuose au caractère beaucoup plus agréable, mais qui ne pouvait pas grand-chose devant mon inertie. Je ressentais pourtant toute la mélancolie qui s'abattait sur l'appartement de Louveciennes, avec ce meuble à musique qui devenait peu à peu meuble à silence. Mais rien à faire : les moments musicaux de Schubert et les gais laboureurs ne parvenaient pas à me secouer. La maison de Malause serait-elle un jour comme le piano ?

ELLE n'en prenait pas le chemin. La construction du deuxième étage était programmée entre les années 1970 et 1972, de manière que ce bouleversement fût terminé pour la retraite de mes parents. Il y eut donc, de 1962 à 1970, quelques années où elle devint déjà notre maison, tout en demeurant un lieu de vacances.

En ce qui concerne mes parents, le mot « vacances » avait d'ailleurs un sens tout relatif, car mille travaux s'imposèrent à eux. L'atelier de mon grand-père une fois détruit, on imagine que le terrain ainsi libéré ne constituait guère un jardin. C'est pourtant à cette tâche que mon père s'attaqua avec une énergie physique et une habileté qui me laissent rêveur aujourd'hui. Il y avait tant de pierres à casser à la masse pour en faire le soubassement de l'entrée du garage, tant de terre à retourner, tant à planter !

À *Garonne*

Ma mère quant à elle transformait la maison tout en s'occupant de ma grand-mère, en nous accueillant déjà nombreux autour de la table – et souvent bien plus nombreux encore, car je ne me rappelle guère que des visiteurs de passage n'aient été conviés à partager un repas « à la fortune du pot » et ne se soient laissé tenter par cette hospitalité qui la rendait heureuse en l'épuisant.

Dehors pour l'homme, dedans pour la femme. Mes parents ont toujours respecté cette répartition des tâches que Marie Rouanet analyse si finement dans son livre *Du côté des hommes*. Même quand il y eut une machine à laver, je vis si souvent ma mère courbée devant l'évier, prétendant que telle pièce ne pouvait passer à la machine. Je la soupçonne d'en avoir rajouté un peu, minimisant la satisfaction qu'elle éprouvait à dominer le cours des choses dans sa cuisine, et à effectuer les travaux ménagers avec une certaine volupté.

Quant à mon père, quand je rentrais d'une balade à bicyclette ou d'une partie de foot, je ressentais toujours la mauvaise conscience de le trouver transpirant d'une transpiration autrement sérieuse que la mienne. Plus encore que ma paresse naturelle, une absence de complicité avec lui ne m'engageait guère à le seconder dans ses efforts. Mais je ne pense pas être de mauvaise foi en disant qu'il ne souhaitait pas cette aide. Il voulait qu'on admire son travail et qu'on le plaigne d'avoir travaillé. Une nuance de satisfaction passait dans son regard quand ma mère lui servait un demi panaché au milieu de l'après-midi. Le plaisir ne venait pas de sa dégustation, mais de la phrase avec laquelle ma mère accompagnait le verre :

— Mais arrête-toi un peu ! Comment peux-tu travailler avec cette chaleur ?

Mais il pouvait. Il y trouvait même une satisfaction dont ma mère faisait mine de s'étonner. Mais elle en connaissait l'alchimie. Avec une intensité différente, liée aussi à la nature de leurs tâches respectives, tous deux aimaient mascagner. Ce verbe patois signifie à peu près se donner du mal pour faire quelque chose, plutôt avec des moyens de bric et de broc, en refusant tout confort. Cette façon de dire prend encore plus d'ampleur en se substantivant, car c'est la déclinaison syntaxique qui revient le plus souvent : *aïmo la mascagno*. La forme de l'expression traduit chez celui qui l'emploie une petite nuance d'ironie bien méridionale : il se donne du mal, mais c'est qu'il aime ça. Appliquée à mes parents, j'y perçois une connotation un peu plus respectueuse : ils sont contraints de se donner du mal, mais il n'est pas impossible d'imaginer qu'ils y atteignent une sorte d'accomplissement.

À *Garonne*

Ils n'étaient pas légers. La légèreté est un luxe qui n'est paradoxalement pas accordé aux générations d'envol, à celles qui prennent dans la société la première altitude. Mais une douceur de vivre leur fut donnée avec l'accueil de leurs premiers petits-enfants Emmanuel et Olivier, les fils de Jean-Claude et Christine.

Une maison de vacances ne prend sa substance qu'avec les rythmes, les jeux, le ras-du-sol investi par l'imagination et le rire des petits. Emmanuel tendre et doux, Olivier toujours joyeux donnèrent corps à l'idée de la maison qui s'ébauchait. Je me souviens de la fête que ce fut d'implanter un portique dans le jardin, avec trapèze, corde à nœuds, corde lisse, échelle de perroquet – la plus grande surprise étant de voir mon père empoigner la corde lisse et y grimper sans effort apparent, à la force des bras, les jambes à l'équerre. Et aucune piscine n'aura jamais autant retenti de fous rires que le grand baquet en zinc qu'on remplissait près du noyer. Pourtant, Emmanuel et Olivier n'y tenaient qu'à peine accroupis ensemble.

Près d'eux, je vis mon père commencer à changer. Extrêmement autoritaire et exigeant avec Jean-Claude et Simone, davantage dérouté par moi qui lui échappais notamment par l'inconstance de mes résultats scolaires, il n'avait jamais eu avec ses enfants une vraie proximité. Impossible d'imaginer un geste tendre, une main sur l'épaule, un jeu partagé. L'époque, sans doute, tenait son rôle dans ce rapport. Peut-être aussi son personnage de directeur d'école. Rien à voir avec les professeurs des écoles d'aujourd'hui. L'école normale d'instituteurs lui avait répété que, même dans le cadre de sa vie privée, un enseignant reste aux yeux de tous un enseignant. De même que dans *Le Grand Meaulnes*, notre père, que nous appelions M. Delerm comme les autres élèves, restait lointain.

Emmanuel et Olivier lui donnèrent l'occasion de se rasséréner, de découvrir une part de lui différente. Pour Simone, qui n'avait pas encore de mari ni d'enfants, pour moi, un peu grand frère, ces deux neveux adorables donnèrent à la maison de Malause une dimension nouvelle. Ma grand-mère était toujours parmi nous. Sur quatre générations, l'idée avançait doucement.

L'IDÉE se devait de prendre nom. Cette nécessité devint manifeste à l'été 1972. Mes parents étaient désormais tous les deux à la retraite, et domiciliés définitivement à Malause. Le nouvel étage était terminé. Pour paiement de ses plans, Janot avait dit à mon père : « Tu offriras un manteau de fourrure à Marraine. »

Il y eut donc un jour discussion patronymique « sous le ballet », l'espace qui remplaçait désormais le hangar, sous une terrasse dominant le jardin. Ma mère souhaitait un nom qui rappelât les prénoms de ses trois enfants. Jean-Claude n'était pas avare de calembours. Le voisinage avec la famille Delsol lui fit trouver « A costa Delsol », qui reçut un beau succès. Dans la foulée, et plus sérieusement, il proposa « la Mascagne ». Petits sourires goguenards d'abord, puis silence étonné. Cela semblait une boutade, et cependant... Le mot restait dans l'air, ambivalent. D'un côté trop patois, trop du terroir, un peu moqueur. De l'autre, par sa seule sonorité, pour « ceux qui ne sauraient pas », d'une élégance presque prétentieuse. Mais précisément. Dans cet écart pouvait se nicher une connivence qui figurait bien la singularité de l'aventure. « La Mascagne » fut donc adopté, avec un peu d'humour et pas mal de fierté.

Ce baptême est une date importante. Pour la maison, bien sûr, mais pas seulement. Pour le pouvoir nouveau de reconnaître avec sérénité et un certain détachement ce qui avait été la morale de toute une vie : le travail. Je suis né quelque part avec la possibilité d'appeler la maison la Mascagne. Dans l'élan qui portait mes parents, Jean-Claude et Simone avaient subi l'exigence de brillants résultats scolaires. Pour moi, c'était autre chose. Venu après la mort de ma sœur Michèle, mon rôle était d'emblée différent. Mon dilettantisme naturel, ma paresse scolaire m'avaient détaché d'une tension nécessaire mais contraignante.

Je l'ai éprouvé très tôt dans mon rapport au monde : pour moi, la vie pourrait être un spectacle à regarder. J'exagère. Si tel avait été complètement le cas, je serais devenu dégustateur de réel, buveur de temps, encore assez pris dans une dynamique pour ne pas devenir décadent. Mais l'élan familial, s'il poursuivait secrètement sa route jusqu'à moi, exigeait autre chose. Il me rattraperait, après des années d'adolescence consacrées pour l'essentiel à perdre mon temps, avec un mélange de jubilation et de mélancolie. Plus tard, je serais là non pas pour regarder le spectacle, mais pour écrire que le spectacle est là pour être regardé.

En 1972 également, Simone se maria avec Jean, et moi avec Martine. Bientôt, d'autres petits-enfants donnèrent à la Mascagne la plénitude de sa vocation. François naquit en 1974, sa sœur Claire en 1976, deux mois avant mon fils, Vincent. Le même été 1976 vit malheureusement la disparition de ma grand-mère, que les deux plus jeunes ne connaîtraient pas.

Pour les cousins, se retrouver à Malause fut vite un concept fort. Désormais, la tablée complète se comptait à treize, mais peu importent les superstitions. Ma mère disait souvent : « Nous avons de la chance. » Après une vie belle mais difficile, marquée par autant de chagrins que de joie, elle éprouvait un bonheur tout particulier à regarder vivre ses cinq petits-enfants, tous beaux, en bonne santé, tous joyeux d'être là. Malgré son goût de l'action, elle avait aussi en elle un pouvoir d'arrêter le temps, de contempler. À Malause, l'été, au début de l'après-midi, elle s'asseyait dans un fauteuil. Nous avions tous une activité, lecture de livre ou de journal, dessin, écriture, rédaction de lettre. Les petits jouaient. Comme elle restait sans alibi, quelqu'un finissait par lui demander si elle souhaitait quelque chose, et la réponse était toujours la même : « Moi, mes enfants, je vous regarde. »

Quant à mon père, j'ai deux photos révélatrices de ce qu'il fut ces années-là. Sur l'une, aidé d'Emmanuel et d'Olivier, il tire un petit chariot bringuebalant sur lequel François se tient debout, en équilibre hiératique et menacé. Sur l'autre, un cigarillo à la bouche, il fait une ronde avec Claire et Vincent, au milieu des taches de lumière qui ocellent le jardin, entre les branches. Mon père en train de jouer avec des enfants, de danser avec eux ! Oui, cela a eu lieu, à la Mascagne.

Il s'y est passé tant d'autres choses. Ah ! la petite sieste de François, pour se détendre un peu, juste avant d'aller disputer le tournoi de tennis de Valence-d'Agen – comme s'il était possible de se détendre avant un événement aussi faramineux ! Ah ! les interminables parties de Monopoly de François, Claire et Vincent, prolongées des jours entiers à coups de prêts irremboursables. Et puis le soir où Claire a eu sa crise de rhumatisme articulaire, et on a monté la télé dans sa chambre, et ils ont tant ri quand même devant *Le Petit Baigneur* ! Et les petits carreaux bleus détachés du sol de la

À *Garonne*

piscine de Saint-Nicolas, forfait inavouable et triomphant, trésor amoncelé dans le tiroir de la table de chevet. Et Olivier, trop heureux pour se plonger dans la syntaxe, et se contentant de hurler comme un fou « Tennis, tennis, tennis » en courant depuis le portail jusqu'au fond du jardin, un jour d'acquisition de ces chaussures historiques. Et encore Emmanuel éclatant en sanglots dans l'envol de la balançoire « parce que c'est le dernier jour ».

Et les jolis anniversaires de mariage des parents, quarante, cinquante, soixante ans. Oui, tout cela eut lieu. La Mascagne fut la Mascagne.

J'AIME les journaux intimes. Celui de Paul Léautaud, celui de Jules Renard sont parmi mes lectures préférées. Je m'y suis essayé mais je ne me sens pas l'âme d'un diariste. Ma tentative s'est limitée aux années 1988 et 1989. Pendant que j'écrivais ce livre, je suis retombé sur ces pages de Journal. Il y est question de Malause, et c'est un peu vertigineux pour moi, car si le temps a passé, les sensations n'ont pas bougé :

1989
Mardi 28 mars
Vacances de Pâques à Malause. Retrouvé cette neige légère de la vallée de la Garonne en fleurs du temps pascal, pêchers roses, cerisiers blancs. Ce matin, promenade rituelle au marché de Valence-d'Agen, où Robert Doisneau se régalerait de tel paysan essayant des bérets devant d'immenses

cartons à chapeau, de telle modiste mangeant
sagement une orange à l'heure de midi devant des
théories de corsets couleur chair. Y a-t-il encore
vraiment des clientes pour de telles armures de
beauté, au tissu élastique étouffant, aux attaches
métalliques ostentatoires ? C'est quelque chose, le
marché à Valence. On y vend des chemises à carreaux comme je n'en ai jamais vu nulle part ailleurs, et comme les paysans d'ici en ont tous. On
y vend des bijoux africains, évidemment, des pulls
à trente francs, des badges du top 50, comme
partout. Mais il y a ici la « halle du jardinage », où
l'on trouve les premières asperges poussées au
bord de la Garonne, les premières endives dont le
blanc nacré fait penser déjà au craquement frais
sous la dent, et ces premiers aulx qui sont si bons
et si acides sur des œufs frits, dans une salade de
pommes de terre – les *aillets* comme disent les
Gascons en prononçant toutes les lettres. On y
entend surtout une rumeur fidèle : cette cacophonie
caquetante des gens qui parlent haut et fort avec
tout ce talent baratineur de l'Occitan qui m'amuse
en passant, et qui me pèse vite quand je reste ici
plus de huit jours. D'autres indigènes portent dans
le regard une Aquitaine plus voilée que je préfère,
et qui va quelquefois jusqu'à l'austérité.

Au marché de Valence, il y a cette tradition que
je respecte un peu par gourmandise, et beaucoup

pour que le temps ne passe pas : acheter des petits gâteaux chez M. Briat. Devant son magasin qui jouxte les cornières, M. Briat a installé son étal. Depuis plus de vingt ans j'y passe le mardi, quand je reviens ici. Le dialogue est presque immuable, lui aussi :

— Alors, on est en vacances ?

— Oui, content de venir retrouver le soleil à Malause.

— Vous êtes pour un moment ?

(Réponse variable, suivie d'une approbation commune qui tient lieu d'épilogue.)

— Alors, à mardi !

Ce n'est pas une grande scène, surtout pour ici, où les dialogues ont, davantage que la Garonne, tendance à l'inflation. Mais il y passe quand même quelque chose. Ma fidélité amuse sans doute un peu M. Briat, mais elle lui fait plaisir aussi. Quant à la mienne, elle donne au marché de Valence une tonalité d'ensemble familière – je serai veuf de ce marché quand il disparaîtra.

Les petits gâteaux... Dans des boîtes de fer ce sont : des nougats vert amande ou roses, sertis entre deux gaufrettes minces ; de minuscules langues glacées au café ; des coquillages à la noix de coco ornés d'une cerise confite ; des gaufrettes « imprimées » dont les questions et les réponses se croisent dans une approximation réjouissante :

— Voulez-vous ?
— À la folie.

Il y a aussi les poissons roses fourrés de confiture, les cigarettes, les boules dures de coco incrustées de cacahuètes, tant d'autres encore. On prend « une poche », et l'on hésite – c'est le meilleur moment. On en prend toujours trop. Au déjeuner ce sera le dessert, puis l'accompagnement du café – en camaïeu café-café, amer-sucré. Il en reste toujours pour le goûter. Qu'importe si ces merveilles n'ont pas le raffinement aérien des grands pâtissiers ; c'est un régal des yeux, du choix, un rite ensoleillé qui garde l'ombre des cornières, et le bonheur tout simple et si fragile de se rassembler.

Mercredi 29 mars

Bords de la Garonne en fin de matinée. Le mauvais temps n'arrive pas à s'installer, malgré le vent d'autan qui a soufflé hier. Quelle harmonie de verts pâles, de verts tendres, au bord de l'eau ! Les vieux peupliers du bord du fleuve ont déjà des feuilles. Ils n'ont pas la raideur professionnelle de ceux qui poussent un peu plus loin, alignés dans des champs rectangulaires, prêts pour l'exploitation. Au bord de la Garonne, ils se courbent et se penchent, font au fleuve de petites tonnelles naturelles où les pêcheurs s'installent. À cette heure, personne. La Garonne, immobile en aval du barrage, n'est plus ce fleuve si vivant où j'allais me baigner enfant, en dessous d'un platane. Mais, au fil des années, je me suis habitué aussi à cette immobilité qui a sa beauté, son silence. Miroir gris-vert à peine ridé par un vent sage. Je suis assis sur la terre sableuse. Petites fleurs sauvages mauves ou roses, odeur amère et forte du sureau, beaucoup d'épines, de mûriers, d'églantiers. Les oiseaux font tout un raffut voluptueux dans cette effervescence acide d'herbe neuve. Des euphorbes presque phosphorescentes et d'autres plantes dont j'ignore le nom déclinent à profusion un intervalle de couleur très mince, entre le vert de l'acacia et celui des orties. C'est une sauvagerie de buissons sur la défensive, défendant chèrement leur liberté. Mais cette agressivité s'essouffle en descendant vers la rive où les herbes s'allongent sous les peupliers. La Garonne, large et tranquille, calme toutes ces énergies acides qui la protègent, mais qu'elle ne saurait refléter. Il y a dans l'air de Pâques au bord de la Garonne quelque chose de cette douceur sableuse de la terre où poussent les asperges. Il fait déjà très bon. On peut s'asseoir en pull et regarder longtemps.

Ici, je me suis toujours senti chez moi, à l'abri du coteau, loin du bruit du monde, et je vais « à Garonne », comme tous les gens du coin, chercher quelque chose de très doux et de très difficile à expliquer. On prend un galet sur la rive. On fait tomber la vase sèche avec ses doigts. Quand la pierre est parfaite et lisse, on la lance à la surface pour faire des ricochets. On s'en revient. Ici, il ne faut qu'effleurer. La pierre vole et rebondit sur l'eau. Tout est léger, vert, pâle ; on entend le silence avec son contrepoint – le ronflement lointain d'un tracteur, sur l'autre rive, quelque part vers Saint-Nicolas.

Dimanche 2 avril

Passé dire bonjour à Mme et M. Forno. Pourquoi avais-je laissé filer plusieurs années sans y aller ? Peut-être le fait d'avoir un peu parlé d'eux dans des livres, qui remplaçait pour moi la gentillesse dans le présent, le réel stupide. Dès que j'ai franchi le seuil de la cuisine fraîche où Mme Forno faisait cuire la soupe pour les chiens, j'ai retrouvé l'atmosphère des jours où j'allais chercher le lait, petit garçon, puis adolescent. Avec mon cousin Jean-Pierre, nous allions déterrer des pommes de terre dans le champ de M. Forno. À vrai dire, très peu de travail, mais une bonne balade sur les chemins de Garonne, avec une charrette bringuebalante tirée par un cheval.

Un cheval... M. Forno a toujours vécu pour les chevaux. Le soir, il fait le tour des deux ponts avec son sulky, un petit carré de soie autour du cou. Toute la semaine, parti dans les foires du Gers, du Tarn-et-Garonne, où tout le monde le connaît. Sur ses ailes de vent, il est d'ailleurs. Mme Forno est la maison, avec une éternelle soupe à préparer. Elle semble être devenue la fraîcheur même de ses murs, de la margelle dans la cour. Tous deux sont d'une gentillesse...

Leur fille et son mari habitent maintenant la maison mitoyenne. Leurs quatre petits-enfants, trois filles et un garçon, ont grandi là, tout près des grands-parents, dans une vie moderne qui gardait l'affection d'autrefois. Quand je suis dans cette cuisine, je voudrais que le monde s'écroule et rester là toujours, étirer à l'infini ces minutes d'avant dîner où l'on bavarde à peine, pour dire simplement le plaisir d'être ensemble. Les Forno sont un peu comme ces grands-parents imaginés par Augustin Meaulnes, lors de la fête étrange : des gens qui vous pardonneraient tout à l'avance, simplement parce que c'est vous.

Mardi 4 avril

Petit moment chaud sous la lampe, en fin d'après-midi. Simone fait une robe pour Claire. Jean lit *Le Monde*. Dans la cuisine, Maman prépare la soupe en bavardant avec Martine, Papa s'affaire dans le jardin entre deux averses. Dans la pièce à côté, les enfants regardent la télévision. J'aime bien cet instant de lisière ; on ne sait plus quelle heure il est, et je n'ai rien à écrire sinon que je suis bien, que c'est bon de se mettre sous la lampe quand la pluie d'orage commence à tomber de nouveau. Dehors, il y a déjà des lilas, des glycines, des arbres en fleurs comme un nuage de fraîcheur flottant sous le mauve lourd du ciel plombé. Maman pénètre dans la pièce, et nous dit son plaisir de passer d'une pièce à l'autre, et de nous voir occupés, tranquilles. Martine nous a rejoints, et s'est mise à la lecture d'un policier d'atmosphère british ; Papa, chassé du jardin par la dernière pluie, feuillette l'index de *L'Illustration*. Un long moment passe sans une parole, et ce silence est si léger – c'est séparés qu'on est ensemble.

Lundi 7 août

Malause. Ce jardin d'Aquitaine où la famille se réunit, à travers les années. L'été y est devenu une saison immuable, et chaque année nous sortons un peu moins de l'enclos protégé de la Mascagne. Nuit insupportable de chaleur. Levé très tôt pour écrire dans le jardin. Volupté de supporter un pull, quand la journée sera brûlante. À ma gauche, des chaises longues, un banc, un petit portique où tous les enfants ont joué, au fil des étés. À droite, la table de ping-pong, les tomates, les framboisiers,

À *Garonne*

le prunus, le cerisier. Ombre longue du prunus, ombre trop fraîche du noyer. Profonde paix, plaisir si frais de regarder tout cela en buvant un café chaud. Tout le monde dort et déjà j'ai écrit, j'ai rempli ma journée. Tout le reste sera du luxe.

BIEN SÛR, tout ne fut pas idyllique. Pas évident de vivre ensemble quand on ne vit plus ensemble. Et puis, au cœur de la famille, chaque famille a son évolution, son destin. Le quotidien n'est pas si simple à moduler, quand les systèmes de vie s'éloignent et que l'affectif apparaît toujours en filigrane, dans les moments passés ensemble.

Mais tout cela, nous le savions à l'avance. Les idées les plus fortes, celles qui nous font vivre, sont les plus difficiles à incarner. Les plus belles. La Mascagne est là. Une maison à partager, par le présent, par la mémoire.

Dans un grand sous-verre, les photos de Malause sont devant moi, sur mon bureau, depuis des années. La Mascagne. Le canal. Vincent a même saisi dans l'objectif le vieux court de tennis, la bicyclette de ma grand-mère, un bout d'écorce de platane. Je termine ce livre à la fin de l'automne, et les brouillards doivent monter au bord de la Garonne. Il n'y a plus beaucoup de pèlerins de Compostelle. Plus besoin de marcher. Je m'assois en tailleur par la pensée au bord du chemin de halage, et l'oncle Pierre n'est pas loin. Le temps s'est arrêté.

RÉALISATION : PAO ÉDITIONS DU SEUIL
IMPRESSION : BRODARD ET TAUPIN À LA FLÈCHE
DÉPÔT LÉGAL : MAI 2007. N° 91308 (40100)
Imprimé en france

Le Bonheur, tableaux et bavardages
Le Rocher, 1986, 1990, 1998
et « Folio » n° 4473

Le Buveur de temps
Le Rocher, 1987, 2002

Les Amoureux de l'Hôtel de Ville
Le Rocher, 1993, 2001
et « Folio » n° 3976

L'Envol
Le Rocher, 1996
Magnard, 2001
et « Librio » n° 280

Sundborn ou les Jours de lumière
Le Rocher, 1996
et « Folio » n° 3041

La Première Gorgée de bière
et autres plaisirs minuscules
L'Arpenteur, 1997

Les Chemins nous inventent
avec Martine Delerm
Stock, 1997
et « Le Livre de poche » n° 14584

La Cinquième Saison
Le Rocher, 1997, 2000
et « Folio » n° 3826

Il avait plu tout le dimanche
Mercure de France, 1998
et « Folio » n° 3309

Paniers de fruits
Le Rocher, 1998

Le Miroir de ma mère
Le Rocher, 1998
et « Folio » n° 4246

Autumn
Le Rocher, 1998
et « Folio » n° 3166

Mister Mouse
ou la Métaphysique du terrier
Le Rocher, 1999
et « Folio » n° 3470

Le Portique
Le Rocher, 1999
et « Folio » n° 3761

Un été pour mémoire
Le Rocher, 2000
et « Folio » n° 4132

Rouen
Champ Vallon, 2000

La Sieste assassinée
L'Arpenteur, 2001
et « Folio » n° 4212

Fragiles
avec Martine Delerm, illustré
Seuil, 2001
et « Points » n° P 1277

Intérieur : Vilhelm Hammershoi
Flohic, 2001

Monsieur Spitzweg s'échappe
Mercure de France, 2001

Paris, l'instant
avec Martine Delerm
Fayard, 2002
et « Le Livre de poche » n° 30054

Enregistrements pirates
Le Rocher, 2004
et « Folio » n° 4454

Quiproquo
Serpent à Plumes, 2005

Dickens, barbe à papa
et autres nourritures délectables
Gallimard, 2005

La Bulle de Tiepolo
Gallimard, 2005

Maintenant, foutez-moi la paix !
Mercure de France, 2006

La Mascagne
NiL, 2006

La Tranchée d'Arenberg
et autres voluptés sportives
Panama, 2007

Livres pour la jeunesse

La Fille du bouscat
Milan Jeunesse, 1989

C'est bien
Milan Jeunesse, 1995, 1998

En pleine lucarne
Milan Jeunesse, 1995, 1998
et «Folio Junior» n° 1215

Sortilège au Muséum
Magnard Jeunesse, 1996, 2004

La Malédiction des ruines
Magnard Jeunesse, 1997, 2006

C'est toujours bien !
Milan Jeunesse, 1998

Elle s'appelait Marine
avec Martine Delerm
«Folio Junior» n° 901, 1998

Les Glaces du Chimborazo
avec Martine Delerm
Magnard Jeunesse, 2002, 2004

Ce voyage
Gallimard Jeunesse, 2005

Collection Points

DERNIERS TITRES PARUS